U0923323

爱的进化论

[英] 阿兰·德波顿 著

孟丽 译

ALAIN DE BOTTON

阿兰·德波顿作品集

上海译文出版社

献给我的导师、同事、朋友约翰·阿姆斯特朗

文学的意义

——新版作品集代总序

阿兰·德波顿

在人类为彼此创造的艺术形式和作品中，有一个门类占据了最大比重，即以某种形式探讨伤痛。郁郁寡欢的爱情，捉襟见肘的生活，与性相关的屈辱，还有歧视、焦虑、较量、遗憾、羞耻、孤立以及饥渴，不一而足；这些伤痛的情绪自古以来就是艺术的主要成分。

然而在公开的谈论中，我们却常常勉为其难地淡化自身的伤情。聊天时往往故作轻快，插科打诨；我们头顶压力强颜欢笑，就怕吓倒自己，给敌人可乘之机，或让弱者更为担惊受怕。

结果就是，我们在悲伤之时，还因为无法表达而愈加悲伤——忧郁本是正常的情绪，却得不到公开的名分。于是，我们在隐忍中自我伤害，或者干脆听任命运的摆布。

既然文化是一部人类伤痛、悲情的历史，那么，所有的问题都能予以修正，把绝望的情绪拉回人之常情，给苦难的回味送去应有的尊严，而对其中的偶然性或细枝末节按下不表。卡夫卡曾提出：“我们需要的书（尽管也适用于其他任何艺术形式）必须是一把利斧，可以劈开心中的冰川。”换言之，找到一种能帮助我们从麻木中解脱的工具，让它担当宣泄的出口，可以让我们放下长久以来对隐忍的执念。

细数历史上最伟大的悲观主义者，他们中的每一人都能抚慰这种被压抑的苦楚。用塞内加的话说：“何必为部分生活而哭泣？君不见全部人生都催人泪下。”或者就像帕斯卡的叹喟：“人之伟大源于对自身不幸的认知。”而叔本华则留下讽刺的箴言：“人类与生俱来的错误观念只有一个，即以为人生在世的目的是为了得到幸福……智者知道，人间其实不值得。”

这种悲观主义缓和了无处不在的愁绪，让我们承认：人生下来就自带瑕疵，无法长久地把握幸福，容易陷入情欲的围困，甩不掉对地位的痴迷，在意外面前不堪一击，并且毫无例外地，会在寸寸折磨中走向死亡。

这也是我们在艺术作品中反复遭遇的一类场景：他人也有跟我们同样的悲伤与烦恼。这些情绪并非无关紧要，也无须避之不及，或被认为不值思量。关键在于我们如何看待。艺术作品带我们走近那些对痛苦怀有深刻同情的人，去触摸他们的精神和声音，而且允许我们穿越其间，完成对自身痛苦的体认，继而与人类的共性建立连接，不再感觉孤立和羞耻。我们的尊严因而得以保留，且能渐次揭开最深层的为人真理。于是，我们不仅不会因为痛苦而堕入万劫不复，还会在它的神奇引领下走向升华。

不妨把自己想象成一组同心圆。所有一眼望穿的事物都在外圈：谋生手段，年龄，教育程度，饮食口味和大致的社会背景。不难发现，太多人对我们的认知停留在这些圈层。而事实上，更内里的圈层才包裹着更隐秘的自身，包括对父母的情感、说不出口的恐惧、脱离现实的梦想、无法达成的抱负、隐秘幽暗的情欲，乃至眼前所有美丽又动人的事物。

虽说我们也渴望分享内里的圈层，却又总是止步于外面的圈层。每当酒终人散，回到家中，总能听见心中最隐秘的部分在细雨中呼喊。传统上，宗教为这种难耐的寂寞提供了理想的解释和出路。宗教人士总说，人的灵魂由神创造，惟有神才能知晓其间最深层的秘密。人也永远不会真正地孤独，因为神总是与我们同在。宗教以其动人的方式关照到一个重要命题，意识到人对被深刻了解和赞赏的愿望何其猛烈，并且大方地指出，这种愿望永远也无法在其他凡人身上得到满足。

而在我们的想象空间里，取代宗教地位的是人和人之间的爱情膜拜，俗称浪漫主义。它朝我们抛来一个漂亮而轻率的想法，认为只要我们足够幸运和坚定，从而遇到那个被称为灵魂伴侣的高维存在，就有可能打败寂寞，因为他们能读懂我们的所有秘密和怪癖，看清我们的全貌，并且依然为这样的我们陶醉沉迷。然而，浪漫主义过后，满地狼藉，因为现实一再将我们吊打，证明他人永远无法看透我们的全部真相。

好在，除了爱情和宗教的诺言之外，尚有另一种可用来关照寂寞的资源，并且还更为靠谱，那就是：文学。

目录

为人父母

婚外情

罗曼蒂克之外

001.

从此，他们过上了幸福的生活？
（译者序）

文 / 孟丽

一

从此，他们过上了幸福的生活！这，是所有童话故事的经典结尾，也是诸多以爱情为主题的文艺作品的标配——“在众多的爱情故事里，当主角们攻克最初的道道碍障之后，说书人即搁笔收山，仅为之安排模糊的美满未来。”然而，他们真的过上了幸福的生活吗？这，是阿兰·德波顿在新作《爱的进化论》里着力作答的课题。

二

“我很喜欢你的《爱情笔记》，迫不及待想看到续篇。不过告诉我，你还爱自己的妻子吗，还是已经不爱了，但为了不负似水年华而选择挣扎？如果是这样，你下周有空一起吃饭吗？”在宣传《爱的进化论》与一众粉丝作线上交流时，阿兰·德波顿被这样问及。虽然他机智作答说：“将小说的主题和内容与作者个人的真实生活关联起来是可以理解的，但尴尬的事实是，作者通常会用一种新的视角看待自己没有经历过的事情。”但读者们依然倾向于将这部新作定义为《爱情笔记》的续篇，充满他的个人色彩。

如此揣度，并非全然牵强。发表于 1992 年的《爱情笔记》是阿兰·德波顿的自传体处女作。这个故事只谈了爱情，无关婚姻：一对英国青年邂逅于巴黎至伦敦的客机上，随后交往、同居，体验巅峰之爱，最终爱情消逝，旧人退场、新人上台，另一场爱的大幕拉开。这部作品问世之后，德波顿个人状况也一番变迁。他结婚、生子，著作等身，但作品多是写旅游、谈建筑、聊宗教、说文学，写作主题再次回归爱情时，已经是二十余年后。德波顿的体验，早已不只是风花雪月的爱情，更有经风沐雨的婚姻。

所以，焉知《爱的进化论》所描画的，只是“作者用一种新的视角看待自己没有经历过的事情”？

三

被定义为英国才子作家的阿兰·德波顿，1969 年生于北欧，成长在英国。他通晓法文、德文、拉丁文和英文，深得欧洲人文传统的精髓。他 18 岁进入剑桥大学历史系，23 岁发表《爱情笔记》，25 岁入围法国费米娜奖，27 岁完成《拥抱似水年华》，31 岁时《哲学的慰藉》问世，33 岁时开讲《旅行的艺术》，35 岁推出《身份的焦虑》，37 岁时撰写《幸福的建筑》，41 岁出版《工作颂歌》，43 岁时《写给无神论者》问世，45 岁又出版《新闻的骚动》；他在 2009 年被英国皇家建筑师学会任命为荣誉院士，2011 年获选英国皇家文学院成员。他的作品不仅风靡英国，更被翻译成三十多种语言，在世界范围内圈粉无数。

才气横溢、知趣兼备的作品，以及信手拈来的开阔主题，为德波顿赢得的是极为多元的身份：作家、哲学家、制作人……但对于自己的定位，德波顿这样说：

我知道我不是诗人，我也知道我不是个真正的小说家。而且我知道我也做不来学者，因为我不想墨守那一套套学术规范。后来，我终于发现了自觉正好适合自己的定位：随笔作家。就我个人的理解，所谓随笔作家，就是既能抓住人类生存的各种重大主题，又能以如话家常的亲切方式对这些主题进行讨论的作家。

确实，阿兰·德波顿算不上真正的小说家，他的虚构类作品的结构与叙事富有浓厚的文论特点。他并不着力点染故事、塑造角色，他重视的是在狭小的故事时空内对角色内心世界进行细致展现和绵密分析。通过定格有限的生活瞬间，从文学、历史、哲学、心理学和社会学等多角度思考，从而让这些服务于文本主题的场景被充分阐释，获得无限的阅读意义；这些仿佛画外音一般可能随时插入的哲学思考、心理分析、文艺评论，让作者的叙事视角持续转换，看似复杂散漫，但又丝毫没有背离故事轨迹和文本主题。他用亦小说亦随笔的形式来条分缕析种种细节和思考，其细腻的感受力和对心理的准确的捕捉，尤其是引经据典的哲学思辨，不仅让人折服于他天才般的写作天分，更感觉像在拜读一部部引征丰富、例证严谨的论著。

……我讨论的主题本身就是跟每个人息息相关的：恋爱、旅行、身份焦虑、美与丑以及分离与死亡的经验……

德波顿曾经对自己的写作主题作上述总结。他凭借自己渊博的知识，以西方悠久的文化、历史为底蕴，从哲学、美学、宗教和文学作品中汲取资源，讨论现代人的生活，被定义为“生活的哲学家”。他试图通过对现代生活中的爱情、旅行和职业等领域的哲理思考，解答现代人的种种困惑。2008 年，他在伦敦创建了一所非营利的“情商”（emotional intelligence）教育机构——“人生学校”（The School of Life）。他将伦敦马奇蒙特街一处三层的商店进行改建，一楼办成沙龙，二楼卖书，三楼提供讲座课程。他定期邀请心理学家在此开课或写作。而学校的课程和活动也围绕着“人生”的主题，譬如“如何管理压力”“谈话的艺术”等，教大家如何“聪明又健康地生活”。目前，他的“人生学校”已在阿姆斯特丹、墨尔本、巴黎、伊斯坦布尔、贝尔格莱德等城市运行，谈及创立“人生学校”的初衷，他说：“我相信写作和艺术的最终目的，是对人们的生活起治疗作用。”

阿兰·德波顿是一位智性的小说家。他始终用一种温和的笔触，铺展开一个个关于生活的重大主题。他的文字举重若轻，充满理性与逻辑、规律与秩序，同时又透着一种从容、悠闲和不经意，散发着浪漫的叙事情调。他似乎天生拥有细腻的感知力，不仅能细微地捕捉人物的情绪波动与思想转折，更能通过妩媚多姿的语言，丝丝入扣地传递人物或喜或忧或孤独的微妙感受，让它们仿佛能产生触摸感一般为读者所体悟，进而生成强烈的代入感，感同身受地得到安抚与慰藉。就文字而言，他的每一部作品都无不折射着西方的审美智慧与哲学情怀。

四

爱情是人类最美好的情感之一。它初生时的浪漫与唯美，会令人们沉醉不已，但婚姻生活的烟火气能容这浪漫与唯美偏安一隅、生生不息吗？德波顿在《爱的进化论》中给出了睿智而现实的答案。

这部作品探寻了爱情的萌发，更探寻了爱情在经年累月的婚姻中如何坚持恒久。德波顿以拉比和柯尔斯滕的爱情故事为主轴，辅以哲学与心理学思考，从情愫萌芽到爱情扬帆，从步入围城到“城”中困顿，再到婚外情，直至最终通过自我探寻，超脱接受婚姻的完整历程，将爱情与婚姻的每一阶段都做了冷静且睿智的剖析，将自己丰满、深沉的思辨，通过细腻的情境，融合具象而真实的人物角色铺陈开来，直至让人们逐渐认识到：爱的本质，与其说是一份激情热忱，还不如说是一种需要学习的技能。只有参悟了此道，我们方有阅尽千帆的淡定，在沧海桑田后，坦然接纳婚姻。

在这部作品中，德波顿对浪漫主义的爱情观表达出强烈的批判精神。在他看来，浪漫主义的理念看似美丽，但对于人性的认知过于乐观，过于强调婚姻的精神体验，将爱情的意义局限在依靠本能寻找所谓灵魂伴侣，而无视更实用更富指导意义的心理学分析。浪漫主义从来不讨论爱情的实际层面，认为现实生活在爱情中毫无位置，这便为婚姻埋下了隐患。对浪漫主义而言，恋人之间应该出于本能地彼此理解、心灵关照，它错误地将读心术视作爱情的核心本质。德波顿认为，浪漫主义只是将人类对爱情的期许上调到最完美状态，却根本不能提供实现此种完美状态的可靠方法。故而，如此种种的浪漫主义理念，对我们维持长期恋爱关系的能力造成了灾难性的打击；而若要获得成功的爱情，就必须背离催生爱恋的许多浪漫主义理念。

在批判浪漫主义的同时，德波顿也提出一系列充满实用主义的理念。

对于爱情的解读，还有其他一些方式。在古希腊人的哲学思想里……爱情首先是一种对对方优点的钦佩感。爱情是一种迎面邂逅美德时的激动。

首先，他推崇更健康的、古希腊人的恋爱哲学：爱情是对另一个人的美德与成就的倾慕；爱情是一个相互教育、让彼此变得更好的过程。

孩子气并非为孩童所独有。成人——在咆哮之下——也会时而淘气、犯傻、异想天开、脆弱不堪，或歇斯底里、恐惧不已，寻求着安慰和宽恕。

对德波顿而言，成功的爱情，需要人们认识到：成年人也存在着儿童的特质，在对方焦虑脆弱时，我们需要像善待孩童一般仁慈地对待对方，给予抚慰，而不是从极端个人的角度来评判。

“合适人选”的真正标志，不是完美互补的抽象概念，而是忍受差异的能力……

德波顿指出，从存在主义的角度看，相互合适是爱情的成果，而不是爱情的前提。这个世界并不存在天使，最适合的伴侣并不需要方方面面的志趣都碰巧相投，而是该有智慧和优雅讨论品味的差异。当然，这依然不能改变一个事实：他们在任何意义上都不是完美的。

……选择结婚对象，只是关乎选择忍受何种痛苦，而不可自以为已觅得良方，可幸免于这爱情的固有法则。显然，我们最终的宿命逃不开那个令我们梦魇连连的固定角色——错的人。

德波顿貌似一个彻底的爱情悲观主义者。然而，细细思量，他其实更多在表达婚姻的终极意义：如果用完全理性的眼光看，婚姻确实很不合理，然而，这并不是一场灾难。束缚是成熟的前提，只有在自己无法轻易抽身时，才能实现某些方面的成熟。我们需要做的是，改变自己，然后正视与另一个不完美者共同生活的现实，便可令婚姻足够好。

爱情，是生生不息的话题，也是不朽的人生主题。在这场阅读中，无论自身的爱情体验和婚姻经历是否缺失，都丝毫不妨碍读者获得深刻的体悟：爱上很容易，只需一时的激情，维系爱情却很不容易，得需一生的修炼，我们该做的是打破幻想，更务实、更健康、非本能地去爱。

五

作为《爱的进化论》的译者，我曾有幸在15年前翻译德波顿的《爱情笔记》。两相对比，一脉相承的，是诗意，是幽默，是思想的饕餮，也是智慧的点染。

我起初着意于将小说的中文名定为《爱的时光轴》，是在于作者将爱情与婚姻的发展进行阶段性区隔（罗曼蒂克、围城之内、为人父母、婚外情……），勾勒出情感演变的时间轴线，并对其进行形而上的思考。这种基于时间轴线的叙事形式，可以让读者在获得清晰的时间感的同时，深刻体味到爱情与婚姻的复杂和曲折。个人认为《爱的时光轴》作为书名，是对作品的文本主题和叙事方式较好的综合和提点。但和编辑老师多番讨论下来，我最终还是放弃了自己的想法，而沿用台湾版的译名《爱的进化论》，一来《爱的进化论》作为中文名，也很是妥切恰当，二来则为共情之故——台湾版本早于大陆出版，在德波顿的书迷中已颇有知名度。

《爱的进化论》一书，原文并没有任何注释，中文版中所有的注释，均是我为了方便读者理解，特意查找了各类工具书添加进去的。

六

有人说，读十本书，若能有一句话对你有用，人生便可得到拯救。《爱的进化论》，一部充满智慧且揭示爱情与婚姻规则的哲学、心理学、社会学著作，每一句都充满哲理，富有实用价值。来，一起读它吧，让它拯救我们的人生，尤其是爱情与婚姻。

是为序！

罗曼蒂克

003.

迷恋

酒店坐落在凸起的岩层上，距马拉加东部半小时车程。它专为家庭旅客而建，所以不经意间，尤其在用餐时，会让客人感受到作为家庭一员的压力所在。十五岁的拉比汗[1]与父亲和继母在这里度假。他们之间的气氛有点沉闷，谈话也不顺畅。拉比的母亲已经去世三年了。每天，自助餐点摆在可以俯瞰游泳池的阳台上。偶尔，继母会评评西班牙肉菜饭的风味，或者说说从南边吹来的风很有劲道。她是格洛斯特郡人，热爱园艺。

一场求婚，甚至双方的初次约会，皆非一段婚姻开始的标志；婚姻，早在爱的想法萌芽时，尤其是对于灵魂伴侣生发了向往时，便已然启幕。

拉比初见那姑娘时，她在水上滑梯旁边。她比他约莫小一岁，一头栗发理得如男孩发式一样短，橄榄色皮肤，四肢修长。她身着条纹水手衫，蓝色短裤和一双柠檬黄人字拖，右手套着一个薄皮腕带。她瞥过他一眼，挤了一点似有若无的微笑，然后在折叠椅上调整一下躺姿。随后几个小时，她听着随身听，落寞地看着海，间或咬咬指甲。父母在她左右两边，母亲翻着一本*Elle*，父亲在读莱恩·戴顿的法文版小说。拉比后来在酒店的登记簿上查到，她叫艾丽斯·索尔，来自克莱蒙-费朗。

如此遥遥感知，在他，还是生命初次。这感受，自他第一眼见她，就裹袭而来。它无关言语交集——他们绝无可能交集言语。就某种意义而言，仿佛他从来都认识她；仿佛他的生存状态，尤其心内错乱无序的苦痛，她自有解答之方。随后几日，他总在酒店一带远远观察她：自助早餐时，她身着带花边的白衣衫，取酸奶、拿桃子；在网球场上，因为反手击球，她用英语向教练分外诚恳地致歉，口音浓重；而在高尔夫球场边独自（显然是）散步时，她停步欣赏仙人掌和芙蓉花。

也许弹指间，我们即可明晰，另一个个体便是灵魂伴侣。交流

1 “拉比汗”姓名全称为Rabih Khan，书中偶尔也会出现其名“拉比”——Rabih。——译者

不是必须，我们甚至不知晓其名氏。这无法以客观知识解析。与之相关的，反而是本能；因为绕越了正常的理性轨迹，它成为一种自发的感受，更精准，值得我们心存敬意。

迷恋，具象在一系列细节元素上：漫不经心地在脚上晃荡的柠檬黄人字拖；搁在防晒霜边毛巾上的赫尔曼·黑塞平装版《悉达多》；精心描画的眉；回她父母问话时的心不在焉，以及自助晚餐上小口吃着巧克力慕斯时掩嘴的样子。

从如许细节中，拉比本能地解析出一副完整的个性。他抬眼看着房内吊扇的木质叶片不停地旋转，一边在脑海里书写着自己与她的厮磨相守：她性情忧郁，又精明过人；她对他倾吐心事，嘲笑他人的虚伪；有时因为派对，因为在学校与其他女生相处，会让她心生焦虑；如许种种，都凸显着她敏感而深沉的个性。过往，她是孤独的，不曾予人毫无防备的信任，直到与他尘世相识。他们会端坐她的床榻，手指淘气地绕在一起。与他一样，她亦不曾料想，两个个体间，关系竟可如此紧密！

然后，一个清晨，毫无征兆地，她走了。一对荷兰夫妇带着两个小男孩，坐在她的桌子上。酒店经理说，她和父母凌晨离开酒店，赶着去搭法航班机回家了。

这整桩事，实则微不足道。他们再逢无日，他会将她埋藏心间，他的万般心念，她皆无可感知。然而，故事这般开篇，乃是因为——虽然岁月经年，拉比会改变，会成熟——未来数十载，他对爱的理解，都始终定格于十六岁的这个夏天，在卡萨苏尔酒店所形成的概念。他会依然笃信，两个个体，是可能倏发真挚的理解与同鸣，是可能令孤独立即消亡。

他还会经历类似忧喜交集的渴求，渴求那些遗失的灵魂伴侣，他可以在公交车内、在杂货店过道上、在图书馆阅览室里辨识出她来。二十岁时，她在一列北行的火车上——有个女人坐在他左侧，彼时他在曼哈顿学习半学年；二十五岁时，她在柏林他实习的建筑办公室内；二十九岁时，她在巴黎至伦敦的航班上——他与一个叫克洛艾的女人就英吉利海峡聊了几句；所有这些，赋予他的，皆是精准无二的同一感受：与失落已久的那部分自我，不期而遇。

于浪漫主义者而言，这只是介于对陌生者的一瞥和生成一个庄重而确凿的结论之间最简短的一步：对于我们生活中那些不曾言及的纷扰，他或者她可能构建一个全面的答案。

情感的强弱，也许无足轻重，或不过惹人莞尔一笑，然而对本能的敬畏，却并非关系宇宙学范畴内的一颗小行星，它是太阳，是藏而不露的中心天体，绕其而转的，是伴爱而生的纷繁心念。

爱的信仰，必然始终存在着。然而，仅在数世纪前，它才不再被视作疾患，仅在近代，对于灵魂伴侣的追寻，才被认可是近似生命意义的一种追寻。曾经以上帝和灵魂为尊的唯心主义，开始变更路线，以人为本——然而，此种浮于表面的慷慨之举，载负的后果脆弱不堪、令人生畏，毕竟，若要为某个虚构的审视者——在街道上、办公室内，或者飞机邻座——耗尽一生，去暗示自己一生完美，这对任何人而言，都绝非易事！

经年岁月，辅之以频繁的情事体验，会令拉比获得一些迥异的结论，他会意识到，自己曾经定义为爱情的诸多细节——无声的直觉，瞬息的渴盼，对灵魂伴侣的信赖，实际是情爱关系经营学的障碍。他会总结出，惟有爱启幕时生发的那些醉人的念想不再令人念念不忘时，爱方可持久；若为情爱关系平顺计，他需要放弃那些曾初虏己心的感受；他需要领悟，爱，不是一腔热忱，而是一种技能！

008.

神圣的开篇

不论在婚姻之初，还是其后多年，拉比和妻子总逃不开的一个盘问是："你们是如何相识的？"——通常，这问题会激起戏谑意味的兴奋，杂拌着对间接体验的期待。夫妻俩多半会彼此对视（有时因整桌人都静而听之，略露羞涩），决定由谁发言。取决于听者的身份，他们或当玩笑戏说，或娓娓道来。它或被浓缩成一句话，或洋洋洒洒一篇章。

开篇，如此备受瞩目，缘于人们并不视之为爱的诸多阶段之一；于浪漫主义者，开篇，是将爱的全部浓缩，含蕴其中。故而，在众多的爱情故事里，在主角们攻克最初的道道碍障之后，说书人即搁笔收山，仅为之安排模糊的美满未来——或者，索性取其性命。显然，我们所言及的爱，只是爱的开篇。

奇怪的是，拉比和妻子注意到，他们很少被问及：相识之后，相处如何；仿佛这情事的真实状态，并不属于合理的或巨大的好奇心的一部分。不曾有人公开涉及真正困扰他们的那个问题：“老夫老妻，感受如何？”

婚姻关系持续几十年，没有大喜大悲，对于爱的发展变化，我们一直不太敢于直面叙说——这令人惊异，也让人忧虑。

备受瞩目的开篇，原是这样的：三十一岁时，拉比生活在一个几乎完全陌生的城市。他之前栖居伦敦，新近为了工作搬去爱丁堡。由于合同发生意外，他之前的建筑公司遣散了过半的员工，因裁员所迫，他不得不拓宽就业地域，最终供职于一家专事广场和三岔路设计的苏格兰城市规划公司。

和一个平面设计师分手后的几年，他一直单身。他加入了当地一家健身俱乐部，注册了一个交友网站；他出席过一家展示凯尔特文物的画廊的开幕式；他还参加过诸多与他工作无甚关联的聚会；如此种种，皆徒而无获。曾经有数次，他感悟到与异性的精神同鸣，但肉身却共振乏陈——或者，反之。甚至更糟的是，一缕希望尚隐约初现，对方便摆明名花有主——那主儿，通常正立于房间那头，活脱脱一张监狱长的面孔。

然而，拉比并没有放弃。他是一个浪漫主义者。最终，在挨过许多周日的空虚之后，它终于走进现实，一如他在文艺作品中领悟的那样——它会如期而至。

那条环形路设计在 A720 上，从爱丁堡中心城区朝南，连接着主干道和那个面对高尔夫球场与池塘的高档住宅区的尽头巷子——应承这桩差事，拉比实属不得已。公司论尊卑强弱，他资历最浅，无可推脱。

客户那边原本指派市政会勘测队的一个高级成员做监理，但在项目启动前一天，他有亲人离世——于是，一个资历较浅的同事便前来顶缺。

那是六月初的一个阴沉沉的早上，十一点刚过，他俩在建筑工地上握手相识。柯尔斯滕 · 麦克利兰身着荧光色外套，头戴安全帽，脚蹬一双笨重的橡胶底长靴。拉比几乎听不清她的话语，不只是因为水力压缩机在附近不停震动，更因为——他后来才了解到——柯尔斯滕说话的声音总是很轻；她老家在因弗内斯[1]，那里的人都是这习惯，话还没说完，声音就弱去，仿佛她说到半截时，发现有不同意见，又或者只是想转移到更重要的话题而已。

1 英国北部小城，坐落在著名的苏格兰高地最北端，毗邻北海，历史上是高地地区的首府。

柯尔斯滕这身装束且搁置不提（或准确地说，多少也因为这身装束），拉比即刻便捕捉到她一系列心理和身体特征的变化，如此种种，颇具吸引力，令他无可招架。他觉察到她淡定而愉快地应付建筑队那十二个强壮、傲慢的男人；她勤勉地查对日程表上的诸多细节；她很是自信，对时尚规则颇不在意，略不齐整的上门牙，也在彰显个性。

和建筑队开完会，身为客户和承包商的他们，走到就近海滩，坐下来整理合约细节。可没过几分钟，天便下起瓢泼大雨。因为工地办公室没法处理纸面事务，柯尔斯滕建议步行去商业街找家咖啡馆。

一路上，他俩撑着她的伞，聊起远足。柯尔斯滕告诉拉比说，自己总是尽可能远离城市。不久前，她还前往卡利金湖，在一片荒凉的松木林里搭帐篷露营。远离人群和城市生活的纷扰杂乱，让她能获得一种奇妙的平静和洞察力。她说，没错，她是单枪匹马出行的；他脑补着她坐在帆布帐篷下解鞋带的场景。到了商业街，他们没找到咖啡馆，便去一家名为泰姬陵的昏暗萧条的印度餐馆躲雨。他们点了茶，（应店主强烈要求）要了一盘印度薄饼。然后他们一鼓作气，解决完那些表格，并决定最好在第三周启用搅拌车，然后再过一周运送铺路石。

拉比犹如法医一般力图审慎、细密地分析着柯尔斯滕。他注意到她脸上有淡淡的雀斑；她的措辞透着武断，又不无保留，实在奇妙，齐肩的浓密棕发被撩到一边，她习惯一张口，便轻快地说：“是这样的……”

尽管这是一次务实的交流，他还是努力捕捉她偶尔展现的更私人化的一面。他问及她的父母，柯尔斯滕的作答略显尴尬，她说她父亲早年就不再着家，是母亲在因弗内斯把她独自养大。“这开局可不理想，让我对人性挺失望。”她苦笑着说（他注意到她左上门牙有点突）。“可能也因为这个，我从来不相信有‘王子和公主式’的幸福。”

这番言论并不令拉比困惑，倒让他想起一句格言说，愤世嫉俗者只是标准甚高的理想主义者。

透过泰姬陵餐馆开阔的窗户，拉比看到云层在快速移动，远处，淡淡的阳光洒落在彭特兰丘陵黑色的火山岩山顶上。

他可以不去思考柯尔斯滕是个大好人，用一上午和他解决市政机构的一些烦心事，他可以不评判在关于工作和苏格兰政治的观点背后，她是何种个性。他可以同意她的灵魂无法透过她苍白的皮肤和颈脖的弧度轻松被辨识。他可以满意地说，她貌似太有趣，他还再需二十五年才能了解她更多。

然而，拉比确信自己发现了一个人，她予内与外的品质以最奇特的结合：聪明亦善良，幽默亦美丽，真诚亦富有勇气。即便两个小时前，此人于他而言，不过是路人，但她如果此刻离开房间，他会心生牵挂。此人的玉指——正用牙签在桌布上轻轻地画线——他渴望去摸抚，并紧握在自己的掌心，他惟愿与此人绵延子嗣、相守一生。

他不确定她的性情，他担心冒犯，他怕误读观察而来的线索，他亦对她展现出极度的关心和细密的关注。

“对不起，你更喜欢自己撑伞？”回工地的路上，他问她。

“哦，我无所谓。”她答道。

“我很乐意帮你撑——或你自己撑也行。”他坚持说。

“真的，随你！”

他严密地修订措辞。即便乐意披露自我，他也只愿将部分个性展现给柯尔斯滕。当务之急，绝不是展现真实的自我。

随后那周，他们又见面了。在重返泰姬陵餐馆、讨论预算和进度报告的路上，拉比探问是否可以帮她拿那袋文件，柯尔斯滕笑答说，别这么性别歧视。当下，貌似并不适合表白说，他还乐意日后帮她搬家，或假如她患上了疟疾，他愿意去看护她。然而，柯尔斯滕似乎事事都无需援手，这使得拉比的热忱继续发酵——最终，强者的脆弱变得令人向往。

“是这样的，我那个部门刚刚裁了一半人，所以我实际在干三个人的活儿，”落座后，柯尔斯滕说，“昨晚一直忙到十点，不过你可能已经发现，最主要还是因为我是个控制狂。”

他过于担心失言，所以几乎无语应答——然而，因为沉默可能佐证乏味，他便又不可冷场。最终，他用冗言赘语，讲解了桥梁如何把负荷分散到桥墩，然后又分析了轮胎在路面潮湿和干燥时的刹车速度。他的朴拙无华，至少衬托出一份真诚：只有意欲引诱的人儿并不那么可心时，我们才往往会表现得神闲气定。

他无处不感受到，自己无力获得柯尔斯滕的关注，他觉得她热爱自由、个性独立，这令他既兴奋，也害怕。他明白缺失强大的因由，促使她寄情于他。他也胸中昭然，没有立场索求她的仁爱——虽然自己浅陋不堪，恰需她一份仁心。当下，他存属于柯尔斯滕生活的外围，除了谦卑，再无其他。

接着，核心的挑战到来了：他需要辨识，两人的感觉是否一致；这课题，浅易直观，却也能经受绵绵不断的符号学研究和细密的心理学揣度。她夸赞他穿灰色雨衣好看；她应允他支付茶水和印度薄饼的费用；当他提及自己想回归建筑学领域的野心时，她予以鼓励。可当他做了三次尝试，以图把话题引至她过往的感情经历时，她又貌似局促不安，甚至面有不悦。她当然也没领会他想邀约观影的暗示。

如许思量，只会激发渴望。在拉比看来，最有魅力的人不是那些即刻便接受他（他质疑她们的判断力）或从来不给他任何机会的人（他有些怨恨她们的淡然态度），而是那些莫名地——许是源于她们的浪漫纠结或谨慎天性、体形不佳或心理压抑、宗教虔诚或政见不一——任他在风中辗转不已的人。

这渴望，以它自有的方式，演证着细腻的内涵。

最终，拉比在市政会的文件里，找到她的电话号码。一个周六的早晨，他短信她，说晚点儿天可能放晴。“我知道，”她几乎秒回，“去植物园走走如何？柯。”

三小时后，在爱丁堡植物园，他们徜徉于那些最稀有的树木、花朵之间。他们观赏了智利的兰花，了解了杜鹃花的复杂；然后，他们停在一棵瑞士杉和一棵茂密的加拿大红杉中间，微微的海风摇曳着树叶。

拉比已经无力构思无谓的评语去曲意逢迎。于是，在柯尔斯滕阅读一块资料牌“要区分高山树和……”时，他打断她，双手捧过她的脸，把自己的唇温柔地印在她的唇上——这举动，无关自负，也未获应允，而只是出于无法忍受的绝望；而回应他的，是她闭合双眼，手臂紧紧环腰拥抱他。

伊维莱斯特来斯酒店[1]那儿传来一辆冰淇淋厢式车怪异的叮当声，一只寒鸦也在一棵产自新西兰的树木的枝丫上叫着。没人注

1 伊维莱斯特来斯概念服务酒店。

意到，这两个人儿，正半掩于异域丛林，体验他们的人生中最温柔而重要的时刻。

然而，该强调的是，这一幕，并不属于爱情。爱情启幕时，不该是忧心对方也许无意再见，而是乐意无时不见；不该是对方随时可以抽身，而是交出神圣的誓言，承诺一生相伴我们，并为我们相伴。

我们对爱情的领悟，已被它萌芽时醉心动人的时刻所绑架和蒙骗；我们容忍自己的爱情故事早早终了；我们似乎熟知情爱如何生发，却不谙它如何延绵。

在植物园门口，柯尔斯滕让拉比给她打电话，她笑着说——他突然从那微笑中，确信自己看到了她十岁时的模样——下周，她每晚都有空。当拉比穿过星期六的拥挤人流，走回科特迈尔时，他实在欣喜若狂，想要随意拦个路人，与他们分享自己的好运。懵懂间，他已经在奠基爱情的三个核心挑战前，旗开得胜：觅得佳人，袒露郎心，赢获首肯。

当然，眼下他的爱情，前路不明。他和柯尔斯滕会步入婚姻；他们会体验烦恼，时常遭遇经济困顿；女儿会先出生，接着再有儿子；一方会生异心，彼此厌倦；时而想了结对方，偶尔也想了结自己。凡此，方属真实的爱情。

017.

热　恋

柯尔斯滕建议骑车去福斯湾的波托贝洛，就半小时路程。拉比在王子街上柯尔斯滕认识的一家店租了辆自行车，他骑得不太稳。柯尔斯滕自己有一辆樱桃红的12速自行车，还带高级的夹式刹车器。他尽力跟上她。在下山的半道上，他变换了一个挡速，但链条却不听使唤，在轮轴上跳跃旋转，毫无力道。挫败感和一丝熟悉的愤怒，在他内心升腾起来。要走回到那家店，路程可还不短。但柯尔斯滕却是另一番模样。“你看你，”她说，“你这个大傻瓜，真有你的。”她把自行车倒立起来，反转排挡，调整后变速器。她的手很快被机油弄脏，最后脸上也沾上一点。

爱，是对爱人文韬武略的敬仰，这韬略，承诺修正我们的脆弱与失衡；爱，是对完美的追寻。

他已然爱上她的淡定，和她那份“凡事皆终于无事”的信心。她性格乐天，不信宿命，这些美德，为他这位不同寻常的苏格兰新朋友所拥有——她的口音过于浓重，他需要重复三次，才能确认她说的是“暂时”一词。拉比的爱，是在找寻到与他互补的种种力量和他渴盼的一系列品质时，合乎逻辑的反应；他的爱，源于认定自身不完美——源于对完美的渴望。

并非只是他如此。柯尔斯滕也试图弥补自身的其他不足。直到上大学，她才第一次走出苏格兰。她所有的亲戚都集居在这个国家的一个小角落。那儿的人，心性狭隘，单调无趣，充满粗野气息，崇尚自我否定。她极力让自己追随南方人的品性。她向往的是光亮、希望和信奉自身、充满激情。她敬畏阳光，厌恶自己的苍白与不耐晒。她的墙上就挂着一张非斯麦地那[1]的海报。

了解拉比的过往，令她兴奋。他父亲是黎巴嫩土木工程师，母亲是德国空姐，这让她着迷。他给她讲述自己在贝鲁特、雅典和巴塞罗那的童年故事，其中有阳光、美好和不时发生的极度危险。他会说阿拉伯语、法语、德语和西班牙语。他的情话（以淘气的方式诉说）充满异国风情。与她的嫩白红润不同，他是橄榄色皮肤。他坐着时，会交叉着大长腿，他过于纤细的手会制作腌

1 摩洛哥的旅游城市，位于非斯市。

茄子沙拉、塔博勒色拉[1]、土豆沙拉。他用自己的世界滋养着她。

她，也在寻找令自己重归平衡、实现完美的爱情。

爱，同样也关乎脆弱，关乎对方的脆弱和悲伤带给我们的触动——尤其当这些脆弱和悲伤并非因由我们而起时（譬如恋爱初期）。目睹爱人身陷危机、泪水涟涟、无计可施、意志消沉，这让我们得以安心——尽管他们文韬武略，却也并非天下无敌。他们也会有困惑迷茫。此种认知，会引导我们步入支持者的新角色，减轻我们对于自身缺陷的羞耻感，让我们因共享的苦痛经历，而与他们贴合得更近。

他们搭乘火车去因弗内斯[2]看望柯尔斯滕的母亲。她坚持要来车站迎接他们，即便需要搭乘巴士从镇子那头赶来。她叫柯尔斯滕“小乖乖”；在站台上，她紧闭双眼，牢牢拥抱着女儿。她颇为正式地伸手与拉比相握，道歉说眼下并非好时节：尚是下午两点半，天色却已接近黄昏。和女儿一样，她也有一双活泼的眼睛，但眼里多一份无所畏惧的气质，所以，它们的注视令他颇不

1 一种黎巴嫩生菜，将去皮小麦捣碎后浸入热水使之松软，滤干后与切碎的番茄、洋葱、薄荷混合并浇橄榄油和柠檬汁而成。

2 英国苏格兰北部港市，高地区首府。

自在——在逗留期间，它们总在不经意地端详他。

柯尔斯滕的家是一栋狭窄的灰色房屋，两层楼，带个露台；正对面是她母亲执教三十年的小学。在整个因弗内斯，很多人——店主、律师、医生——都记得，当年是在麦克利兰太太的启蒙下，开始学习基础算术和《圣经》故事。更为独特的是，大多数人都能回忆起，她以其独特的方式让他们感受到，她不仅深深喜爱着他们，却也极容易被他们辜负。

他们仨一边在起居室用着晚餐，一边看一档智力竞赛的电视节目。沿楼梯而上的墙上，整齐地挂着镶金画框，那些是柯尔斯滕幼儿园时的画作。过道处摆着她的洗礼照片；厨房里有她身穿校服的肖像画，那时她七岁，牙齿稀疏，模样敏感。书架上有一张她十一岁时的海滩快照，她穿着 T 恤、短裤，骨瘦如柴，头发蓬乱，满脸无畏。

她的卧室，几乎还保留着她去阿伯丁[1]学习法律和会计学之后的模样；衣橱里挂着一些黑色的衣服，书架上堆着皱巴巴的平装教材。在一本企鹅版的《曼斯菲尔德庄园》[2]里面，少女时代的柯

1 英国苏格兰地区的主要城市之一。

2 英国作家简・奥斯丁的代表作之一，以乡镇的中产阶级日常生活为题材，通过爱情婚姻等方面的矛盾冲突反映十八世纪末、十九世纪初英国社会的风貌。

尔斯滕这样写着：范妮·普莱斯[1]，最平凡之人的美德。存于床下的一本相册里，有一张她和父亲被偷拍的合影；他们站在克鲁登湾[2]的一辆冰淇淋车前。那时她六岁，一年之后，父亲就从她的生活中消失了。

家族的说法是：一天早晨，结发十年的妻子去学校上课后，柯尔斯滕的父亲收拾了一个小手提箱，然后不辞而别。他惟一留下的，是玄关桌上的一张小纸条，潦草地写着“对不起”。之后，他在苏格兰四处游荡，给一些农场打短工，与柯尔斯滕仅存的联系，便是每年寄张贺卡和一份生日礼物。十二岁那年，她收到一个包裹，那是一件九岁孩子适穿的羊毛衫。柯尔斯滕将它退回到卡马赫莫尔的地址，并附上一张纸条，直言不讳地说，她希望寄件人早上天堂。自此，他再没来过只言片语。

他的离去，如果意在另一个女人，这只算得是背叛了婚姻。然而他的抛妻弃女，只为能孑然一身，能更安然独处，甚至都懒得以令人满意的理由来粉饰动机　　这种抛弃，更深刻、更抽象，也更具毁灭效应。

---

1 《曼斯菲尔德庄园》的主人公，出身贫寒，在与社会的种种矛盾冲突中，通过对外部世界的勤勉洞察与反省，进行坚持不懈的自我塑造，最终实现了自我的完善以及与社会的融合。

2 苏格兰港口。

022.

柯尔斯滕躺在拉比怀里，讲述着陈旧往事。她双眸通红。这，是他爱的她的另一部分：一个能耐超群者的脆弱。而她，也同样如此感受着拉比——在他的故事里，可以述说的悲伤也不在少。在经历了充满宗派暴力、满目路障和夜宿防空洞的童年之后，十二岁的拉比和父母离开贝鲁特，前往巴塞罗那。可是，在当地旧码头附近的公寓里安居不过半年，他母亲就开始腹痛。她去看了医生，诊断结果竟是肝癌晚期；这种晴天霹雳，摧毁了她儿子对于万物永存的信念。三个月后，她就离开了人世。不到一年，他父亲就再婚了，娶了一个情感疏远的英国女人；现下他们住在加的斯[1]的一套公寓里，过着退休生活。

柯尔斯滕渴望穿越数十载，去安抚这个十二岁的少年——她惊讶于这份渴望的强烈。她不断去回想拉比的母亲在去世前两年和他拍的那张合影，那是在贝鲁特机场的停机坪，他们身后是一架汉莎的喷气式飞机。拉比的母亲飞亚洲和美国的航线；当儿子在家中翘盼时，她尚在为飞机前舱的富商们整备餐食，确保他们的安全带得以系紧，端茶递水，笑颜迎人。拉比记得，每逢该她回家的日子，他会过于激动，几近呕吐。她曾在日本给他买桑葚

---

1 西班牙最古老的城市，由腓尼基人建于公元前一千年。造船工业发达，是西班牙的造船业中心之一。

树纤维做的笔记本，还从墨西哥为他带回阿兹特克厨师的彩绘雕像。人们都说，她长得像电影明星罗密·施奈德[1]。柯尔斯滕的爱的中心，是一种期许，期许将拉比因痛失母亲而长埋心底、鲜有提及的那份创伤治愈。

当爱人最终领悟我们，相比于其他人或甚而比我们自己，都更领悟我们混沌、尴尬和耻辱的那些部分时，爱便达至巅峰。另有人知晓我们、同情我们，并谅解已被洞悉的那个我们，这奠基了我们全身心的信任与给予。爱，是对于爱人洞察我们那迷乱、焦虑的灵魂的一份感激之情。

“你又进入了自己那种‘愤怒、羞愧却又冷静’的模式。”一大晚上，拉比在一个租车网为自己和四个同事订了一辆中巴车，网页却在最后一关卡住；他不确定是否预订成功，是否从他卡中扣款。“我觉得你应该尖叫，爆个粗口，然后上床来。我不会介意。明早我可以致电租车的地方，帮你问问。”她总能精准地洞察到，他无力表达自己的愤怒；她认识到，他在把困难转化成一种

1　奥地利演员，因出演《茜茜公主》三部曲而出名。代表作有《茜茜公主》《一个女人的光辉》《重要的是爱》《借夫记》等。

麻木和自我厌恶。她可以辨识并描述他以何种形式表达自己的狂怒，却又不致羞辱于他。

同样，她可精准地领会到，他很担心自己在父亲乃至其他男性权威人物的眼中显得微不足道。在他们前往乔治酒店首次见他父亲的路上，她开门见山地对拉比耳语道："你想啊，他怎么看我，或者又怎么看你，这毫无所谓。"对拉比而言，他仿佛与一位好友头顶着艳阳，重返自己曾经只能孤身暗夜前往的一片森林；他发现，那些曾经令他骇然的凶狠形象，原来真的不过是巨石在错误的角度投下的阴影。

在爱的初期，恋人得以体味彻底的心安神定：终于可以肆意展露自己，无须顾虑失当之处并作极力粉饰。我们可以坦承自己不合俗规，并非德高望重、头脑冷静、行事稳健，或"精神健全"；我们可以幼稚、沉溺幻想、疯狂、满怀希望、愤世嫉俗、脆弱、多变——如许种种，爱人均可理解、可接纳。

深夜十一点，晚餐已用，他们却又奔去觅食，在普利斯顿街买了罗斯-阿根廷餐厅的烤肋排，然后去草地公园，坐在长凳上，沐浴着月光享用美食。他们用滑稽的口音交谈着：她是来自汉堡的游客，在寻找现代艺术博物馆时迷路了；而他，来自阿伯丁[1]的捕龙虾的渔夫，因为听不懂她奇怪的语调，而束手无策。

他们重拾童年的顽皮。他们在床上弹跳；他们互换背驮；他们说长道短。派对之后，他们总会对所有客人指指点点，他们对彼此的忠诚，伴随着对众人日益增加的不忠诚，而变浓加深。

他们厌恶自己日常生活的虚伪；他们让彼此从妥协中解脱；他们觉得秘密已经荡然无存。

他们必须正常回应这个世界强塞给他们的各种名号——由政府机构认可、见于各种正式文书；然而，在爱的激发下，他们找寻着与自己的种种柔情更精确一致的昵称。柯尔斯滕变成了“胳肢”，这在苏格兰口语中表达“了不起”之意，在拉比听来，它顽皮、天真，也灵活、坚定。而他，在推荐她吃了尼克尔森广场一家熟食店的茴香和姜黄风味的黎巴嫩蛋糕之后，则成了“黎巴嫩杏仁蛋糕”；于她而言，它恰如其分地捕捉到这个眼神忧郁的黎巴嫩男孩有所保留的甜美和地中海情调。

1　苏格兰北部港口，阿伯丁郡首府。

026.

性 与 爱

植物园一吻过后，迎来了第二次约会，拉比建议去豪街的泰国餐厅吃晚餐。他先抵达，被带到地下室的一个餐桌，挨着一个装满龙虾的鱼缸。她晚了几分钟，着装非常随便，一条旧牛仔裤、运动鞋，没有化妆，平常的隐形眼镜换成了镜片眼镜。谈话开始得很尴尬。拉比似乎无力把当下与前次共处时的柔情蜜意关联起来。仿佛他们又做回熟人而已。他们谈到他母亲和她父亲，以及他俩共同读过的书、看过的电影。然而，他没有勇气碰她的手，她也多半时候把手搁在膝盖上。他不由得担心她也许心意已变。

然而，待他们走出饭店，来到街上时，那份紧张就消散了。“你想去我那儿喝点茶吗——花茶？”她问，“离这儿不远。”

他们走过几条街，到达一栋公寓楼，爬上顶楼，来到她那间狭小而漂亮、可以俯瞰大海的一居室；屋子的墙上，挂满了她在苏格兰高地各处拍摄的照片。拉比瞥了一眼卧室，只见好大一堆衣服乱糟糟地堆在床上。

“我几乎把所有的衣服都试了一遍，然后心想，见鬼去吧，”她大声说，“就跟平时一个样得了。”

她正在厨房泡茶。他随意走动着，拿起茶盒，说洋甘菊的字体好怪异。“你可真会抓重点。”她暖暖地开玩笑说。这似乎是某种邀请，于是他朝她走过去，温柔地吻她。这是一个长长的吻。他们听到壶中水的沸腾声传过来，然后平息下去。拉比不知道自己还能前进多少。他轻抚着柯尔斯滕的后颈，然后移到她的肩头。他鼓起勇气，试探着爱抚她的胸，然后殷切期待她的反应。他尝试着把右手放到她的牛仔裤上，非常轻柔地沿着她的大腿滑下去。他知道自己可能已触达第二次约会的底线。可他依然任由自己的手再冒险一搏，这次，它在牛仔裤上游走得更坚定，在她的两腿间有节奏地摩挲。

这番举动，让拉比迎来了他人生中最富诱惑力的时刻之一：当柯尔斯滕感受到他的手透过牛仔裤抚摸着她时，她轻轻地径直迎合，然后更用力一些。她睁开眼眸，朝他微笑，他也这般回应着她。

“就是那儿。”她说着，将他的手放在一个尤其具体的领域，就在她裤子拉链的下端。

又持续了大约一分钟，然后她伸手抓住他的腕部，将他的手向上移动一点，引导他去解她的纽扣。他俩一起解开她的牛仔裤，然后她握着他的手，邀请它进入她黑色的弹力短裤里。他感受着她的温度，一秒之后，是湿度，昭告着毫不含糊的欢迎与兴奋。

性感，起初也许只是一种生理现象，是荷尔蒙被唤醒和神经末梢受刺激的结果。然而实质上，它并非只是感觉，更是思维——其中最为重要的，是接纳和承诺，承诺结束孤独与羞愧。

此刻，她的牛仔裤已经大开，他俩都羞红了脸。在拉比看来，这夹杂着放松和兴奋的性感，某种程度上源自一个事实：柯尔斯滕如此直截了当，必然是心中早有此念。

她领引他进了卧室，然后把那堆衣服踢到地上。床头桌上放着她在阅读的乔治·桑[1]的小说——拉比对这位作家一无所知，还有几对耳环和柯尔斯滕的一张照片——她穿着校服，拉着母亲的手，站在就读的小学外面。

“我都来不及把自己的秘密藏起来，”她说，“不过你尽管窥探好了。”

皓月当空，他们并未落下窗帘。他俩躯体缠绕，躺在床上

1 法国著名小说家，雨果曾称颂她“在我们这个时代具有独一无二的地位。其他伟人都是男子，惟独她是伟大的女性”。

时，他抚摸她的发，紧握她的手。看脸上的微笑，他们应该还并未完全褪去羞涩。爱抚中途，他停下，问她这念头生发于何时。他的询问倒不是出于自得，而是因为感激和解脱——欲望若得不到回应，便可能被粗暴地视为淫秽、占有或怜悯，但如今，它被验证是彼此的救赎。

“很早，说真的，汗先生！”她说，“还有其他什么问题吗？”

“事实上，是的。”

“问吧。”

“好，你是什么时候开始想，你知道，就是你可能……我该怎么说呢……好吧，就是你可能会……？”

“和你上床？”

“差不多是。”

“我懂你的意思了，”她戏弄他说，“说实话，就在我们第一次去那家餐馆时。我注意到你屁股很好看，在你很无聊地讲着眼前的工作任务时，我就一直在想着它——然后，那天晚上，就在咱们躺的这张床上，我体味着那种感觉，如果能握住你的……呃，行啦，我也要捂脸了，应该就那时吧。”

矜贵的外表之下，也许却是赤裸裸的情色幻想在涌动，但观其表象，却又似乎只是在意一个善意的玩笑——这观点令拉比讶然，也让他深感愉快，它有一种直接的力量，抚慰着他对自己性欲的一系列潜在的罪恶感。柯尔斯滕深夜可能幻想过他，那时的她那么含蓄，那么真诚；而现在，她如此急切，如此直接——如此种种，令拉比体验着生命中最美好的时刻。

有关性解放的所有学说都认为，性爱从来便是讳而不言的，而且略令人羞赧。没有人能坦述自己的欲望与幻想对象。耻辱感与压抑的冲动不只为人类祖先和某些内敛的宗教——出于鲜为人知也并无必要的原因——所尊崇：它们注定亘古长存；从而，在某些特殊时刻（也许一生寥寥可数），当陌生者邀请我们卸下防御，坦然面对潜藏在内心的那些令人内疚的欲望时，给予我们力量。

等他们消停下来时，已是凌晨两点。黑暗中，传来一只猫头鹰的叫声。

柯尔斯滕躺在拉比的怀里睡着了。她似乎很放心、很安逸，从容地沉沉睡去；而他，尚伫立岸边，抗议着这奇妙光阴的落幕，排演着那些如癫若狂的时刻。他看见她的唇轻轻嚅动，仿佛在用某种夜的异国言语，阅览一本书。偶尔，她似乎又乍醒片刻，面含惊色，乞求帮助：“火车！”她大声说，或甚而更惊恐尖叫：“明天要考试了，他们把火车开走了！”他安抚着她（他们有足够的时间赶去车站；她也为考试做了充分复习），握住她的手，仿佛父母拉着孩子，准备穿过繁忙的马路。

对于他们而言，“做爱”并非只有羞赧。他们不只有了性交；他们已经将彼此的感受——欣赏、柔情、感激和征服——翻译成肉体语言。

人们认为，肉体的交融令人兴奋沸腾，但实质上，它也许是暗指我们欣喜于自己获允展现隐秘的自我——欣喜于发现，爱人丝毫未被真实的我们所惊扰，反以鼓励与支持回应我们。

十二岁时，拉比对性有了羞耻感，开始对它讳而不言。当然，此前他也撒过无关紧要的谎，干过出格的事：他从父亲的钱包里偷过几个硬币；他假装喜欢他姑姑奥蒂莉；某天下午在她位于滨海路的闷热狭小的公寓里，他抄袭了他那个聪明的同学米歇尔的代数家庭作业。但所有这些犯规，不曾让他心生丝毫自我厌恶。

在母亲眼内，他从来都是温柔体贴的孩子，她昵称他“老鼠”。老鼠喜欢抱着她，躺在起居室那张大大的羊毛毯子下面；老鼠喜欢把自己光洁的前额上的头发捋开来。然后，突然从某个学期开始，老鼠的脑海里只有学校那群比自己年长几岁的女孩；她们是西班牙人，有五六英尺高，能言善辩；课间休息时，她们会结帮四处晃悠，在一起格格娇笑，带着一种自信和诱人的气息，很折磨人。周末时，每隔几小时，他就会溜进家里那个狭小的蓝色浴室，想象着那些场景；可事后，他便又决意要将这一切抛之脑后。他需要展现给家人的形象与他心知肚明的内在的自我之间，出现了错位。失去母亲也许最是他的锥心之痛，母亲被诊断罹患癌症时，正是他青春萌动时，但这根本不能冲淡他的痛苦。在他意识深处，在某个黑暗的、毫无逻辑的隐秘处，总存有一种认知：也许是自己对性的领悟，加速了母亲的离世。

对于当年的柯尔斯滕而言，世事也是纷繁复杂。她也总纠结于“好人”的定义。十四岁时，她喜欢遛狗，会去养老院做志愿者，会对河流做专门的地理学研究；然而，她也会独自待在卧室里，躺在地板上，撩起裙子，看着镜中的自己，幻想正为学校一个年长于她的男生表演。和拉比颇为相似，她也渴望有惊世骇俗的非主流之举。

这恋爱初期的琴瑟和鸣，部分受益于他俩自我分裂的如许过往。他们之间，无需花招，也不用遮掩。虽然都曾情史灿烂，但他们却发现彼此与众不同，思想开明，让人安心。柯尔斯滕的卧房，成了夜间探索的总部，其时，他们终于可以无所顾忌，顺应性爱的领引，体验诸多不同寻常或不可思议。

唤醒欲望的细节，乍听也许古怪，不合逻辑，但若仔细审视，它们则负载着我们渴望已久的、牵涉着生活理性领域的种种品质：理解，同情、信任、和睦、慷慨与善良。诸多可触发情欲的细节，为我们某些巨大的恐惧提供标志性的解决方案，深刻暗示着我们对于友善与理解的期盼。

距初次肌肤之亲，已过去三周。拉比的手指重重地捋着柯尔斯滕的头发。她头部的微移和一声轻吟，无不在暗示着她想要更多——而且希望力道也再更大。她希望被爱人拽发在手，用力拉扯。于拉比而言，这是棘手的新事况。他所接受的教育，是要充分尊重女性、男女平等；他笃信恋爱时双方不可彼此操控。然而现在，伴侣却对平等兴趣乏乏，也不在意性别平衡的常规。

倒是一些非同寻常的字眼，让她兴味盎然。她让他如待草芥敝屣一般喝呼她；他们发现，巨大的反差令此举颇具意趣。“混蛋、婊子、荡妇”这些绰号，成了他们之间忠诚和信任的共享代称。

床笫之欢时的暴力行为通常会威胁到人身安全，但此时它不再具有危险性。一定程度的力量可以被安全施展，而不会惹怒任何一方。拉比完全可以控制好自己一时的恼怒，而柯尔斯滕则从中更强烈地体验到自己的承受能力。

在孩提时代，他俩都经常与朋友发生肢体碰撞。击打可以乐趣多多。柯尔斯滕会用沙发靠垫狠狠捶打她的表亲们；而拉比则和朋友在游泳俱乐部的草坪上摔跤。然而，长大以后，任何形式的暴力都被禁止；成人之间不可有武力对抗。但在情侣游戏的范畴内，击一拳、拍一下或被拍，却可以让人格外愉悦；他们可以下手粗鲁、不依不饶；只要这野蛮有度便好。在爱的保护圈内，他们无须担心己方受伤，或伤害彼方。

作为女性，柯尔斯滕相当坚强，也颇具威信。她在公司是部门主管，薪酬比爱人高。她很自信，是个领导者。打小起，她便知道自己必须有能力照顾自己。

然而，与拉比的床笫之欢，令她发现，自己乐于扮演一个不同的角色，借此逃避人生中让人疲惫的各种责任。她的柔顺，意味着她允许爱人对自己发号施令，允许爱人承担起责任而不让她做抉择。

过往，她从不曾有过如此念头，不过这只在于她曾经认为，霸道的人多半并不可靠：他们似乎并不像拉比，是真正善良，天生不喜暴力（她戏称他为苏丹・汗）。她一直渴望独立，一定程度上是因为她曾经的那些奥斯曼的君主们并非良人，并不值得拥有一个更为柔顺的她。

于拉比而言，自成年后，他就一直严控个性中的跋扈，但在内心最深处，他知道自己的本性不乏更苛刻的一面。有时他认为自己明白，对他人而言何谓最好，其所得实则终得其所。现实中，他只是一家城市规划公司里毫无权力的无名小卒，得极力压抑自己的心声。但与柯尔斯滕的鱼水之欢，则让他感受到个中魅力：一抛惯常的谨慎，而要求对方绝对服从，就如苏莱曼一世[1]在博斯普鲁斯海峡[2]他那大理石和玉石宫殿的后宫里的作为一般。

顺从与操控的游戏、突破常规的境况，以及对于特定词汇或身体特定部位的盲目崇拜，使人们有机会去研究那些不只是奇特、毫无意义或略显疯狂的心愿；它们成就的，是短暂的乌托邦插曲，令我们能与极少的挚友安全卸下正常防御，分享并满足自身对于极度亲密和互相认同的渴望；如许心理因素，是这些游戏最终如此刺激的真正缘由。

他们飞去阿姆斯特丹过周末，中途在北海上空时，双双溜进盥洗室。他们体验到一种迫不及待，要在半公开场所一番云雨；这似乎令他们在自身的性需要与更严肃的公众形象之间，突然生

1 欧洲十六世纪的一位杰出的君主，在他的统治下，奥斯曼帝国在政治、经济、军事和文化等诸多方面都进入极盛时期。

2 又称伊斯坦布尔海峡，它北连黑海，南通马尔马拉海和地中海，把土耳其分成亚洲和欧洲两部分。

成一种充满冒险却又刺激的共识。他们感觉自己仿佛在借由这种狂放的激情时刻，挑战责任、籍籍无名与约束力。惟有一道薄薄的门板阻隔着 240 名不明就里的乘客，这令他们的快感莫名地得以增强。

盥洗室很狭小，但柯尔斯滕还是设法拉开了拉比的拉链，把它含进嘴里。在过往情史中，她对此大多是拒绝的，然而和他，这却是在延展她绵绵不断而又无可抗拒的爱意。用自身最外显最体面的器官，去接纳爱人那显然最脏最隐秘最罪恶的部分，这象征他们摆脱了“肮脏与洁净”“罪恶与美好”的本质对立。当他们穿过冰川地区的低层大气，以四百公里的时速飞往斯海弗宁恩时，他们在将过往那分裂而羞愧的自我，补修完整。

037.

求 婚

这是两人共度的第一个圣诞佳节；他们回到因弗内斯，待在柯尔斯滕母亲家。麦克利兰太太给予拉比的，是慈母一般的爱（新袜子、关于苏格兰鸟类的书，还为他的单人床备好暖水壶）与执着的好奇心——虽然被富有技巧地掩饰着。或餐后立于厨房水槽边的打探，或沿着圣安德鲁教堂废墟散步时的究诘，都显得漫不经心，但拉比心明若镜。他正在接受面试审核呢。她想了解他的家庭、他的情史、他在伦敦的工作为何结束，如今在爱丁堡差事又如何。他正被全方位评估，而就他的年岁而言，本不该再有这父母式的盘查；他的认知会坚持认为，只有摒弃一切局外人评判权利的爱情，方得美好。因为浪漫的婚姻需是当事主体独特的权利，需要排除哪怕是最亲密的人，即便她曾经每晚——时隔并不久远——帮她洗浴，或在周末用婴儿车推她去巴格公园[1]喂食鸽子。

然而，不挑明并非意味着麦克利兰太太心无疑窦。她想了解拉比是否用情不专、挥霍无度、个性懦弱、好酒贪杯、惹人厌恶或偏爱武力解决争端，之所以好奇，是因为她知道，而且比绝大多数人都深知，其实是结发之人，最可能令我们惨遭涂炭。

在逗留的最后那日，午餐时，麦克利兰太太对拉比说，自柯尔斯滕的父亲离家后，柯尔斯滕便再没张口唱过歌，这真是莫大的遗憾，因为她的嗓音曾经特别被看好，还在合唱团唱过高音部分。她并非在分享有关女儿课外活动的细节；她是在告诫拉比——在规则允许的最大限度内，别毁了柯尔斯滕的生活。

新年前夜，他们乘火车回到爱丁堡；那是一辆老旧的柴油机车，要在苏格兰高地穿行四个小时。作为这条路线的常客，柯尔斯滕自然事先备好了毯子，容他俩裹身在空荡荡的车厢里。从远处农场看过来，在茫茫黑暗中前行的火车，一定像一段千足虫长短的发光的线条。

柯尔斯滕显得若有所思。

“不，我没事。”当他开口询问时，她如此答复说，可不容她否认完毕，一滴眼泪便滚落出来，接着第二滴、第三滴，更多的眼泪奔腾而下。可她依然坚持说，真的没事。是她自己犯傻，大

1 因弗内斯最大的公园。

脑短路。她并非有意令他难堪，所有男人都讨厌面对这种状况，她也不会养成哭哭啼啼的习惯。最为重要的是，这与他毫无关系，因由在于她的母亲。她之所以哭，是因为自成人以来，她第一次真切地感受到幸福，这是与她有着共生关系的母亲无缘体验的幸福。麦克利兰太太担心着拉比会惹她伤心。是爱侣促成了自己的如许幸福，柯尔斯滕饱含愧疚的泪水，实则为此而流。

他紧紧搂着她。他们没有言语。过往六个月，已让他们对彼此略有了解。他并未计划在此刻提出。但当火车刚刚经过基利克兰基村，检票员查好票之后，拉比扭头看着柯尔斯滕，开门见山地问，她是否愿意嫁给他，当然无须立马行动，他补充说，只要是她觉得合适的任何时候，也并不一定要大操大办，可以是小型聚会，就他们和她母亲，还有一些朋友，当然如果她喜欢更大排场，也没问题；最为关键的是，他毫无保留地爱她，渴望与她一生相守——比他曾经的任何渴望都强烈。

她转过身，好一会儿都毫无动静。她坦诚说自己并不擅长应对这种时刻，这事并不常有，甚至从未有过。它仿佛晴空惊雷，她没准备好应答之语，这与常见的状况全然不同，在此刻提出求婚，他该是多么善良、疯狂而富有勇气——然而，尽管她愤世嫉俗，尽管她坚信自己并不在乎这些，但若他真正理解自己的渴望，也了解她是怎样一个怪物，那么她真的不明白自己干吗不全身心地，既存无边恐惧也满怀感恩地说愿意、愿意、愿意。

我们应该领悟到，婚姻忌讳缜密分析，若要求订婚的情侣耐心而冷静地解释求婚与接受求婚的动机所在，便是缺乏浪漫，或甚至是显得刻薄。然而，人们从来都热衷于打探求婚发生的地点和方式。

于拉比而言，若他声明并不真正了解自己求婚的缘由，并不存在理性且思路清晰、可与持怀疑或探寻态度的第三方分享的诸多动机，这并非有失敬意。他有的不是理论根据，而是感觉，是丰富的感觉；这感觉不许他放手让她走，即便她脑门开阔，即便她上唇会微微突出于下唇；这感觉是他爱她，因为她狡黠机灵，有出其不意的才智，激发他唤她是他的“水鼠”或他的“鼹鼠”（当然，她不同寻常的外表，也让他感到自己可以敏锐地发现她的魅力所在）；这感觉是他需要娶她，因为她做菠菜馅饼时脸上的那份勤勉专注，因为她在扣起自己粗呢外套时的那份甜蜜，因为她在分析熟人心理时的那份灵动聪慧。

实质上，他并不具备严谨的思虑，去巩固自己对于婚姻的笃定；他从未涉猎婚姻制度的任何书籍；过去十年中，他与孩童相处不曾超过十分钟；他也从未戏问过任何已婚者，更别说和离异人士有过任何深刻的对话，他无法解释为何大半婚姻都终于失败，这种一无所知和对婚姻参与者的想象缺失，让他免于了信心的丧失。

自有历史记载以来，婚姻多半都基于各种理性原因：因为两家宗地毗邻，夫家粮食生意兴隆，妻家父亲是一方执法大员，有世袭城堡，或双方父母同属一个宗教派别。在这些充分理据构架的婚姻中，流淌的是孤独，是违背意愿的交合，是不忠，是殴打，是冷酷，是婴儿室中传出的尖叫。

从任何一个中肯的角度看，基于理性的婚姻，从来都是不合情理的；它往往是权宜之计，是狭隘，是势利，是榨取，是虐待。由此，取而代之的——缘于感受的婚姻，基本无须为自己解释。婚姻的关键，在于它须发端于双方的殷殷之心，在强大本能的引指下，秦晋结好，且心里明了，这决定正确可靠。现代社会似乎早不乏“理性”，它们是痛苦的催化剂，基于精打细算的需求。确实，婚姻貌似越草率（也许相识不过六周，其中一方赋闲，或双方勉强成年），实际可能越坚实；这种表面的“草率”，相对于所有由所谓旧式的识时务者制造的错误和悲剧，倒是一种平衡。对“本能”的推崇，是千百年来不合理的“理性”造成的集体创伤性反应。

他求她下嫁于他，是在于这行为似乎杀机四伏：如果婚姻失败，双方的人生便也因此损毁。倡导婚姻不再是必需、单纯同居安全多多的论调，从明智的角度看，确实没错，拉比对此也不否认，但它们忽略了“危险”的情感诉求——让自己与爱人共同经历一种行为，只需个中情节扭转少许，便会造成共同的毁灭。拉比将自己愿以爱的名义被毁灭的殷殷之心，作为自己承诺的证明。求婚只是为了更加强烈地表达他的感情，从实用的角度看，这“并无必要”。婚姻也许令人联想到谨慎、保守和胆怯，但结婚却是完全不同的命题，它更草率，因而也更富浪漫！

婚姻，于拉比而言，仿佛是那通往亲密无间的无畏之路的高峰时刻；而求婚，则不乏闭目纵崖的每一点激情诱惑，期盼并坚信会有爱人崖下相托。

他的求婚，在于他渴望保存、冰封他和柯尔斯滕对于彼此的感情。他希求通过成婚，让一种狂喜的感受获得永恒。

来日，会有一段往事，令他一再回望，去追忆他曾想紧握的如火热情。那是个周六之夜，他们正在乔治街的一家屋顶俱乐部。两人立身舞池，沐浴在快速绕转的紫色与黄色的灯光中，音乐交替在嘻哈风的贝斯与露天体育场国歌一般激昂的合唱曲之间。她穿着便鞋、黑色天鹅绒短裤和黑色雪纺上衣。他想舔去她额角的汗珠，把她搂在怀里一起摇摆。这音乐，和身旁的舞伴，在承诺着永久终结所有的痛苦与隔阂。

他们走到外面的阳台上，只有栏杆边一圈粗大的蜡烛在照明。夜空清澈，眼前的银河咫尺之遥。她认出了仙女座。这时一架飞机斜掠过爱丁堡城堡，然后调正机身，朝机场方向下降飞行。就在这一刻，他确凿无疑地感受到，自己渴望执手偕老的人儿，便就是她。

当然，此刻尚有其他许多美好感受，他不能依靠婚姻去"封存"或保有：星空的浩瀚静谧；酒神俱乐部的纵情狂欢；身无牵挂的逍遥无羁；可以预见的慵懒周日（他们会睡到日上三竿）；她的欢畅心情与他的满心感恩。拉比并非与一种感受结婚。他的结婚对象，乃是鲜活之人；这人儿，在这独特、私密而短暂易逝的氛围中，令他足够幸运地生发了如许感受。

某种程度上，求婚代表他的追寻，同时，也可能关乎他的逃避。在他邂逅柯尔斯滕前几个月，他和一对夫妻一起吃晚饭，他们是他在萨拉曼卡大学时认识的老朋友，这是一顿欢快的聚餐，大家聊着各种新鲜事儿。当他们三人离开维多利亚大街的这家餐馆时，马尔塔理好胡安的驼色大衣衣领，又细心帮他围上紫红色围巾，这关爱之举那么自然，充满温柔，让拉比不经意间感受到自己孑然孤影，仿佛胸口遭到一记重击；在这凡尘，无人关注他的生存与命运，然后，他意识到，这形只影单不可为继。他早已经受太多：在无聊聚会后独自归巢；整个周日无人对聊；假日消磨在筋疲力尽的已婚亲友身旁，孩子们早把他们累得无心说话；他深知对于这世间人们而言，自己终究是轻若鸿毛。

对柯尔斯滕的爱有多深，他便有多厌恶孑身一人。

遗憾的是，婚姻的魅力，一定程度上，归结于单身的枯乏无趣。这并非个人误见，整个社会也决意将单身状态描绘成烦愁万分：一旦自由放纵的学子时代结束，陪伴与温情便再难觅寻；社交生活再不能避开为人夫妻者；再无人可电话联系或陪逛。于是，即便对方差强人意，我们也可能敞怀相迎。

在旧时代，当婚姻（原则上）成为床笫之欢的必要条件时，明理者便意识到，这可能导致错误的结婚动机，于是坚决主张取消有关婚前性行为的戒律，以便让年轻人冷静，少作冲动的抉择。

然而，妨碍作出明智判断的特定障碍一旦被清除，另一种欲望似乎又占据了上风。在它的影响之下，人们对于伴侣的渴望或责任感，相较于发乎性爱的动机，有所减弱。连续五十二个周日的独挨，可能严重损害人该有的谨慎。孤独也可能激发无谓的冲动，消除对潜在配偶的犹疑。任何一段关系的成功，不应单取决于夫妻共处的幸福指数，双方对于该种关系缺失的担忧，也该是判断标准之一。

他的求婚之所以充满信心、十分笃定，在于他相信，自己必是极为坦诚的生活伴侣——这是孤身多年的又一个间接恶果。单身状态会令人惯于将错误的自我形象升格为正常。拉比内心混乱时极为追求外在整洁，他惯以工作排解焦虑，他心有愁绪时便有表述障碍，他不能找到合乎心意的T恤时便愤怒万分——所有这些怪癖，都可毫无痕迹地得以掩盖，只要无人在他身边目睹这一切，更别说给他制造麻烦，要求他来吃晚饭，或满腹狐疑地评价他爱清洗电视遥控器的癖好，又或让他解释烦心所为何事。目击者的缺失，会令他产生幻觉，以为佳偶的觅得，可佐证生活的无忧与和谐。

数世纪前，对于判断适婚对象的自我认知能力，即便不是全然蒙昧，也可能算得上令人费解了。当时，一个标准、客观的考察思路——甚至首次约会时也不显突兀——便是简短的一句“你失控时是什么模样”，对此，每个人都期待得到一个宽容、善良和毫无戒心的答案。

柯尔斯滕告诉拉比，十几岁时的自己一点也不快乐，她感觉无法与人沟通，还有过自残的经历。她说只有把胳膊挠到流血，她方能获得解脱。拉比感动于她的坦白，但并不止于此：柯尔斯滕的烦恼，令他全然被吸引。他因此确认她是适婚对象，因为他本能地怀疑一帆风顺之人。与个性开朗、善于交际的人相处，令他感到被孤立，显得孤僻。他尤其讨厌乐天派。对于过去拍拖过的某些女性，若有人称她们“身心健康”，他便用“无趣”描述她们。拉比将创伤理解为成长和获得深度的主要途径，他渴望自己的忧伤能在伴侣的个性中，获得共鸣。因而，起初他并不太在意柯尔斯滕偶尔的孤僻和费解，或者在争吵之后，她表现出的极度冷漠与极力辩解。他心怀模糊的愿望，想去帮助她；然而，他却不会明白，倘若自身尚最需援助，那么援助他人，便会颇富挑战。他用最直接最浪漫的方式解读她受伤的方方面面：予他良机，扮演良人。

人们认为自己在爱情中追寻的是幸福，其实，真正的追寻目标，乃是熟悉感。我们指望在成年人的社会关系中，重建童年时便熟知的各种感受——它们远不只限于温柔与关爱。多数人在幼时体验的爱，会与其他更具破坏性的动力纠缠在一起：想援手处于失控的成年人，他们或痛失父母之爱，或深恐父母之怒，又或缺乏足够的安全感去沟通自己复杂的心愿。

由此，一个符合逻辑的事实便是，长大成人的我们之所以拒绝某些候选对象，原因并不在于他们有过错，而在于他们总无过错——貌似极度稳重、成熟、善解人意和可靠——在我们内心深处，如此毫无差池，令人感觉陌生、失真。我们追寻其他更令我们兴奋的人，并非因为笃信与其携手的人生会更和谐，而是潜意识里认定它的挫折模式为我们熟知，令我们安心。

他的求婚，是为了挣脱长期盘踞在他心间的那些情爱关系的强烈困扰。过去这不乏传奇与刺激、最终却一无所获的十七年，令他疲惫至极。如今他已三十有二，另有挑战令他焦躁不安。拉比对柯尔斯滕满怀挚爱，同时他也希望借由婚姻摆脱支配着他的人生、令他痛苦不堪的爱情，这并非是愤世嫉俗，也无关冷漠。

至于柯尔斯滕，只能说（因为我们多半追随的是拉比的思想），我们不应低估对于一个经常痛苦地质疑很多事物，尤其是自身的人来说，一个善良、有趣且似乎明确坚信她便是佳偶的人儿的求婚，是多么富有魅力。

十一月，一个落雨的早晨，在因弗内斯婚姻登记处的一间粉红色房间内，一位工作人员宣告他们结为连理；在场的有她母亲、他父亲和继母，以及八位朋友。他们大声宣读了由苏格兰政府颁布的誓词，承诺彼此关爱、富有耐性、心怀慈悲、彼此信任、乐于谅解，他们将终生互为挚友和忠诚伴侣。

为了避免显得说教（或也许只是不知该如何说教），官方没有进一步解释这些誓词的含义——不过针对夫妇俩第一套住房添加隔热材料可获得的税收优惠，它倒有一些说明。

仪式过后，参加婚礼的人前往附近一家餐厅吃午饭。然后，当天深夜，这对新人入住了位于巴黎圣日耳曼旁边的一家小旅馆。

婚姻：是一场予人希望、慷慨大度、极富仁爱的赌博；参与其中的二者，对自身并不了解，也不知对方是何等人物；他们将自己托付给一个未来，这未来他们无力去想象，于是便小心翼翼地忽略它，不作探寻。

围城之内

一地鸡毛

在爱之都，苏格兰裔的妻子与她中东籍的丈夫参观了长眠在拉雪兹神父公墓里的逝者。他们没能找到让·德·布吕诺夫[1]的墓碑，最后在伊迪丝·皮雅芙[2]的墓上方分享了一个法式三明治。回到酒店房间，他们扯去被柯尔斯滕称之为满是精液的床单，铺上毛巾，摆上纸盘，就着塑料叉子，享用产自布列塔尼的龙虾；它是陈列在谢尔什-米蒂街一家熟食店的橱窗内时馋住了他们。

在酒店对面，一家时尚儿童精品店卖着价格奇高的羊毛衫和粗布工装裤。一天下午，当拉比正泡在浴缸时，柯尔斯滕从外面回来，带着一只叫多比的毛茸茸的小怪兽，它长着一只角和三只刻意不相称的眼睛——在未来的六年内，它将是他们女儿的心爱之物。

回到苏格兰后，他们开始寻购一套公寓。拉比戏称自己娶了个富婆，仅就他的财务状况而言，这话倒也不假。她比他多工作四年，也不曾有过长达八个月的失业，已经拥有了一个自己的小窝。她（慈爱地）说，他的钱够买一个储物柜，他们相中了默奇斯顿大道一栋房子的底楼。房主是一个年老羸弱的寡妇，丈夫一年前去世了，两个儿子住在加拿大，她自己身体也不太好。儿子们年少时拍的全家福在深棕色的搁架上一字摆开，拉比当即就估量着，那儿可放一台电视。他还要把墙纸换掉，并把厨房那些艳橙色的橱柜漆成更稳重的色彩。

“看你们俩，让我想到我和厄尼当年的样子。”老妇人说，柯尔斯滕回应着“愿上帝保佑你”，伸出一只胳膊，轻轻地搂搂她。房主曾经是地方法官，现在她的脊柱里长了一个无法手术的肿瘤，她准备搬去城市那头的养老院。房主并没有压榨他们这对年轻夫妇，双方最终谈成了一个好价钱。签约那日，当柯尔斯滕走进卧室丈量尺寸时，那妇人伸出瘦削却强有力的手，拽住拉比片刻。“你会对她好的，是吧。”她说，“即使有时你会认为她并不对。”半年后，他们听说那老妇人离世了。

按理，他们已然抵达故事落幕的节点。罗曼蒂克部分的挑战已不复存在。从此，生活将维持稳定而重复的节奏，他们会发现，

1 法国画家，他的系列作品“巴贝尔之父”开创了现代图画故事集的先河。

2 法国最著名也是最受爱戴的女歌手之一，代表作有《玫瑰人生》等。

经年岁月，皆是一般模样，很少有不同凡响的事务值得一提。然而，他们的故事却远没有结束：今后，他们只是需要在生活的溪流中伫立得久些，然后用更小号的网筛，去捕捉点点滴滴的兴致。

在搬入新公寓几周后，一个周六的早晨，拉比和柯尔斯滕开车去城郊那家很大的宜家商场，要买一些玻璃杯。各种款式的杯子沿两条通道一路摆开，样式繁多。前一个周末，在皇后街的一家新店里，他们很快就挑到一盏两人都中意的台灯，木头灯座，瓷质灯罩。这一次应该也不会复杂。

刚走进巨大的家居产品区，柯尔斯滕便决定该买一套法布罗丝设计的款式，杯形小巧，底部逐渐变细，杯身有两抹蓝紫色的漩涡图案，然后就打道回府。决断力是她最令丈夫钦佩的品格之一，然而，在拉比看来，显然那种不加装饰、杯身垂直的戈迪斯系列大酒杯，才是惟一与餐桌般配的款式。

浪漫主义是关于默契的哲学。在真爱中，不厌其烦的言说或阐述都是多余。当二人携手一体时，便会——最终——有一种奇妙的心心相印，令双方以完全一致的方式看待世界。

“我保证一旦我们买回家，打开包装，放到盘子边，你就会立刻喜欢上它们。它们只是……更好看一些。”柯尔斯滕说，她知道如何根据情况需要，展现得强硬。在她看来，简陋的酒杯，只会令人联想到学校食堂和监狱。

“我懂你的意思，但我总认为这种酒杯看上去更干净更清爽。”拉比回应说，任何过分装饰的物品，都令他焦躁不安。

“好吧，我们不可能站在这儿讨论一整天。”柯尔斯滕分辩说，她已经把针织套衫的袖子一把拉下来，盖住手了。

“是没可能。”拉比附和着。

“所以咱们就去买法布罗丝系列，买完了事。”柯尔斯滕气咻咻地说。

“意见不一是让人气恼，但我真的认为买那套会是个错误。”

“可问题是，我就有这个直觉。”

“我也一样。”拉比回击道。

他俩都意识到了，站在宜家的走道上，为该买哪款漂亮酒杯（当生活如此简单，而它的真实需要如此庞大时）争吵不休，这着实是浪费时间；但是，随着怒气的升腾，和其他顾客越来越多的关注，他们便就站在宜家的走道上，没完没了地争论该买哪款酒杯。二十分钟过去了，在指责各自的愚蠢之后，他们放弃了购买的打算，朝停车场走去。一路上，柯尔斯滕说，今后她就只用自己的手捧酒喝。整个回家途中，他们盯着挡风玻璃，一言不发，只有指示灯偶尔的咔嗒声打破车内的静默。陪伴他们外出的多比，怏怏不乐地坐在后座上。

他们都是认真严肃的人。柯尔斯滕在忙一个题为“区域服务的采购方法”的演讲，下个月她需要前往敦提[1]，演示给当地政府官员。拉比在写一篇《论克里斯托弗·亚历山大[2]空间构造学》的论文。然而，却有不少鸡毛蒜皮的冲突不断出现在他们之间。譬如，卧室内的理想温度该是多少？柯尔斯滕认为自己需要在夜间有足够的新鲜空气，以保持第二天头脑清醒、体能充沛。她宁愿房间冷一点（如有必要，她愿意加一件针织衫，或穿件保暖睡衣），也不要闷热污浊，窗户必须保持敞开。但是童年时的拉比在贝鲁特经历过刺骨的寒冬，抵御狂风从来都是一桩要事（甚至在硝烟弥漫的战争中，他的家人依然对风极为在意），放下的百叶窗、严实的窗帘和屋内窗玻璃上的水珠，都令他感到安全、温暖、惬意。

或者，且来一睹另一个争论的焦点：某个工作日的夜晚，他们该几点从家出发去吃晚餐（特别的大餐）？柯尔斯滕认为：预定时间是八点，奥利嘉餐厅大约相距三点二英里，路程并不长，但万一在主环路堵车怎么办？她提醒拉比说，上次（他们去看詹

1 英国苏格兰东部港市，泰赛德区首府。

2 美国著名建筑与城市规划理论家。

姆斯和梅丽时）就是这样。无论如何，早点到总不会错。他们可以在隔壁的酒吧喝一杯，或甚至在公园散散步；他们有很多家常要唠。最好是让出租车七点就来接他们。而拉比则会考虑：预定八点，便意味着我们可以八点十五分或八点二十分抵达。离开办公室前，还有五封长电邮有待处理，如果脑袋里装着这些公事，我就没法放松。反正到那时，交通已经顺畅，出租车一向都会早到。我们应该订八点的车。

又或者，譬如他们受拉比的客户之邀，参加苏格兰博物馆的一场奢华宴会。拉比需要给这位客户留下好印象，那么最好的讲故事策略是什么？他认为其中自有清晰的规则：开场便点明发生地，然后介绍主角，勾勒困境，之后采用明快的故事线，直至结尾（之后，该礼貌地将机会让给他人，最好是耐心陪候的CEO）。与此相反，柯尔斯滕则认为，故事应从中间部分开始，然后再回溯到开头，会更吸引人。她觉得这样会令听众对角色的险境感受更强烈。细节有助于增加独特性，不是人人都偏爱开门见山。如果第一个故事效果不错，干吗不抛出第二个呢？

如果他们的听众（正站在一副十九世纪晚期在格拉斯哥附近一家采石场挖掘的巨大的剑龙骨架旁边）可以投票表决两人的观点，那么对这两种思路，他们可能均不会强烈反对，他们会认可两个都不错。然而，对于柯尔斯滕和拉比而言，当他们一边朝衣帽间走去，一边恼火地概括各自的表现方式时，分歧就越发尖锐，越发带有个人情绪：两人都在纳闷，如果对方总是如此随意，或者走入另一个极端，刻板无比，那么他们又是在如何理解万事万物——这世界、他们自身、伴侣？每当冲突凸现时，一个新想法的滋生便会真正令冲突加剧：如此局面，怎可承受一生？

人们认可世间万物纷繁复杂，因而对于生活中绝大多数的宏大领域：国际贸易、移民、肿瘤学……能接受分歧，容忍冲突。但一旦分歧涉及家事，人们便容易作出决定性判断，并因此痛恶旷日持久的协商。我们会认定，为浴室的布局召开两天峰会，这实在怪异；聘请专业调解人来帮忙辨明离家用餐的合适时间，实属荒谬。

“我娶了一个疯子。”当出租车在空荡荡的市郊街道上飞驰时，拉比这样想着，并当即一阵恐惧，自怜自艾起来。同样怒气冲冲的伴侣，坐在出租车的后座上，离他已是不能更远。眼下这种不和，还从不曾进入过拉比的想象。就理论层面，他对于分歧、沟通和妥协，有着充分准备，但绝不该是这类愚蠢透顶的事务。鸡毛蒜皮便导致争吵如此激烈，这在他是闻所未闻。当他意识到柯尔斯滕随后可能以傲慢、冷漠示威于他，这加剧了他的焦躁。

他看着前面不动声色的司机——通过贴在仪表板上的小塑料标牌判断，应该是个阿富汗人。他会如何看待他俩这场与穷困或部落种族灭绝毫无关系的争吵？拉比眼中的自己极为良善，却不幸摊上无法展现其良善的冲突。在他看来，给巴达赫尚省[1]一个受伤的孩子输血，或为坎大哈[2]的某个家庭提水，都远比探过身对妻子说对不起，要容易得多。

很多鸡毛蒜皮的家事，其实并不值得一提。只因过于在意对方吃麦片太响，或不舍得丢弃早已过期的杂志，我们可能立刻被视作白痴。严格要求洗碗机内的餐具按顺序摆放，或黄油用过该迅速放回冰箱，便遭受羞辱，这也是家常便饭。当困扰我们的冲突缺少辉煌的魅力时，我们便束手无策，任由对方可能视我们小气和怪异。我们可以挫败收场，但同时，又深刻怀疑这挫败令我们尊严全失，于是便毫无信心将这挫败感淡定地展露给身边或狐疑或恼火的观众。

事实上，在拉比和柯尔斯滕的婚姻中，没有任何争吵是“无

1 位于阿富汗东北部。

2 阿富汗第二大城市，位于阿富汗南部。

事生非”。微小矛盾其实都是不曾给予真正重视的重大问题。每日的争吵都多少牵涉着个性的根本对立。

如果拉比更善于哭诉自己的期许和失望，他可能早躲在羽绒被下，挑明了（有关室温争吵的）缘由：“你说要在寒冬让窗开着，这让我害怕和不安，它跟身体状态无关，而是心理感受。对我而言，这仿佛在谈论有一天要去践踏珍宝。这让我想起残暴的斯多葛学派和你个性中我一直在逃避的那种开朗和勇敢。我潜意识里害怕的是，你真正想要的并不是新鲜空气，相反，你想采取一种貌似和善实则粗暴、精明、令人畏惧的方式，不露痕迹地把我赶走。”如果柯尔斯滕同样乐于审视自己对于守时的看法，她可能在去餐馆的路上，便对拉比（和那个阿富汗裔的司机）发表了动人的演说：“我坚持早早出发，其实质是恐惧的体现。在这个充满随机和意外的世界，我以这种方式来预防焦虑和一种可怕的、难以名状的恐惧。我渴望守时，就好比他人渴望权势、驾车希望安全一样；鉴于我的童年都耗在等待一位永远不会出现的父亲，这多少有些合理，即便只有一点点。这是我自己努力去保持清醒的一种疯狂的方式。”

鉴于双方的需求源于如此具象的情境，如果彼此能领会对方如许信条的因由，那么兴许便能生成一种新的机动性。拉比也许会建议六点半就出发；而柯尔斯滕则可能早已给卧室安上气阀。

没有耐心协商，痛苦——无名怒火——便就随之而生。唠叨的一方要立作了断，却懒于说明缘由；被唠叨的一方，也再无心情解释自己的抵触是基于合理的反驳，或是出于令人同情，也许甚至值得原谅的个性缺陷。

双方都幻想令彼此如此烦心的问题会自行消失。

“开窗与室温”导致的又一轮冷战尚在持续中；这时，柯尔斯滕接到了随伴侣住在波兰的好友汉娜打来的电话，询问“状况”如何，她的所指自然是婚姻（已满一年）。

柯尔斯滕的丈夫正在最大限度地抵制妻子对于新鲜空气的诉求，他身穿大衣，头戴羊毛帽，蜷在屋子的一角，还盖着羽绒被，一副孩子气的自怜自艾。她刚刚还叫他大块头杰茜来着，这也并非第一次了。

“很好。”柯尔斯滕回复说。

不管人际交往如何崇尚坦率豪爽，若要承认自己可能——尽管有太多的机会反思和尝试——所托非人，却仍然是颇失颜面。

“我和拉比在一起，今晚很清静，正在看书。”

实际上，对于两人究竟该如何相处，拉比和柯尔斯滕也并无终极真理。他们的心情在不断转换。单一个周末，他们就可能从恐惧、孤单到充满赞美，从渴望到厌恶，从冷漠到狂喜，从恼怒到温情脉脉。为了给他人一个中肯的结论，不论让这种转换停在哪一种状态，都可令这种坦承存在风险，因为事后回顾，它反映的也不过是某一时刻的心态，悲观的言论总是压制着乐观者，占据上风。

只要一直确保争吵不为外人所见，柯尔斯滕和拉比便不用决定，他们之间的状态，究竟有多好，或多糟。

奇怪而无奈的是，不温不火的婚姻，从来都是被忽略的话题。那些频频吸引眼球的，均是极端的案例——或完美情侣，或谋杀惨剧——所以，面对孩子气的愤怒、午夜的离婚威胁、愤懑不语、摔门而去，以及日复一日的粗心大意和冷酷无情，着实难知我们该给予怎样的立场，我们在遭遇如何的孤独。

理想状态下，艺术会提供人们给予不了的答案。这甚至可能是文学作品的主要意义之一：它能告知我们，何种群体太过守旧而让人无法探索。富有价值的书籍应该会让我们带着释然和感激，去思考作者为何如此透彻地了解我们的生活。

然而，有关持久婚姻的现实意义，往往因为遭遇社会大众或艺术作品的遗忘，而不了了之。因此，我们会想象自己的局势，会远远糟于其他夫妻。我们不仅不快乐，还会误以为自己的不幸在以畸形而罕见的形态具体呈现。于是，我们最终会认为，那些纷争并非证实了自己的婚姻本质上在符合预期地运转，而是代表着自己犯下了罕见的根本性错误。

有两种灵丹妙药，可令他们不必持续为痛苦缠绕。第一种是糟糕的记忆力。到了周四下午四点，谁还记得前晚在出租车里为何发火！拉比知道它与柯尔斯滕略带轻蔑的语气有关，而且对于他认为早些下班毫无必要，她表现出了不屑，也不领情，但冲突的具体轮廓，因为清晨六点透窗而入的阳光、电台里介绍的滑雪胜地、挤爆邮箱的工作邮件、午餐时的笑话、筹备会议的忙碌和针对网站设计召开的两小时会议，如今已经变得模糊。所有这一切，补救了他们之间的关系，其效果和一场成熟、坦率的讨论相去无几。

第二种药方更抽象些：考虑到宇宙的浩瀚无垠，要一直保持怒气咻咻，并非易事。宜家事件几个小时后，大约下午三点左右，拉比和柯尔斯滕出发去爱丁堡东南部的兰默缪尔丘陵。这次徒步是很久前就规划的。起初他们还闷不作声地生气，但是渐渐地，大自然——不是以它的同情之心，而是凭借其无动于衷——把他们从各自的愤怒中解放了出来。奥陶纪和志留纪时期的沉积岩造就了（大约在宜家创立之前四点五亿年）这连绵的丘陵，它漫无止境地延展至远方，并强烈地提示他们，那场事后依然盘踞他们脑海的争吵，在这宇宙秩序中，实为小事一桩，与这自然景观所见证的亿万年相比，压根就不值一提。云层在地平线上飘移，根本不会停留片刻，去研究一番他们受伤的自尊。没有任何人或事会在乎、理会：盘旋在前方的鹬一家不在乎，白腰杓鹬、半蹼鹬、金鸻或草地鹨也不在乎；忍冬、毛地黄和风信子不理会，费尔科罗奇森林边那三只严肃专注地盯着一片罕见的红花草的绵羊也不理会。大半天里都在感受着对方蔑视的拉比和柯尔斯滕，此时因为生命中领略到的无边浩瀚，感受到自己的渺小，从而得以解脱。一种远比他们强大的、非同寻常的力量在点明他们的微不足道，他们因而更愿意对自己的微不足道付之一笑。

无边的地平线和古老的丘陵，实在作为大大；在抵达邓斯村的一家咖啡馆时，他们甚至把对方惹怒自己的事忘得一干二净。两杯茶之后，他们同意开车回到宜家，并最终挑到了双方在后半生都可接受的玻璃杯：十二个斯凡卡系列的平底玻璃杯。

064.

愠　怒

好一段时间，外人于他们而言，都是多余。相识之前的老友们，他们一个也不想见。然而后来，愧疚感和新的好奇心占了上风。因为拉比的朋友都分散在世界各地，这便意味着他们与柯尔斯滕的朋友见面机会更多。柯尔斯滕的阿伯丁大学同学经常周五在“弓”酒吧聚会。从他们家前往，需要穿过整个城市，不过这家酒吧有好多种威士忌和精酿啤酒——可是，在柯尔斯滕劝说拉比参加的那个夜晚，拉比却只点了苏打水。这与他的宗教信仰并无关系，他不得不解释说（五次），他只是没兴致喝酒而已。

“‘两口子’，哇噢！”凯瑟琳说，声音里含着一丝嘲讽。她是不婚主义者，对于与她的观点相左的已婚者，她总能作出最得体的回应。当然了，对拉比和柯尔斯滕来说，“两口子”听着也有些怪异。他们也经常给这类称呼加上讽刺性的引号，以减轻它们的分量和突兀感，因为他们认为这些词汇跟自己压根没关系；它们令人联想到的，是更年长、更成熟、更痛苦的对象，而他们并非如此。“汗太太回来啦。”柯尔斯滕到家时，喜欢这样大声喊叫，打趣着这个他俩都不太认可的身份。

“对了，拉比，你在哪儿工作？”穆雷问道。他留着大胡子，说话粗声粗气，在石油行业工作，上大学时，曾是柯尔斯滕的仰慕者。

“在一家城市规划公司。”拉比告诉他说。他明显感觉自己有点娘娘腔，在有更硬朗的男性的场合，他时而会这样：“我们做的是城市空间区划。”

“等等，伙计，”穆雷说，“我没太听明白。”

“他是个建筑师，”柯尔斯滕解释说，“他也设计民用住宅和办公楼。等经济形势好了，设计范围可能还会更广。”

“我懂了，我们就在这些黑咕隆咚的地方，坐等经济复苏，然后重返聚光灯，去建造下一组吉萨金字塔[1]吗？”

穆雷被自己这番无趣的嘲弄逗得哈哈大笑起来，声音尤其响亮。拉比并不在意他的言行，倒是恼怒柯尔斯滕参与的方式。她

1 吉萨，埃及东北部城市，尼罗河下游西岸，同开罗隔河相望，为游览胜地，南郊八公里的沙漠中有金字塔。

手里端着剩下的酒，头朝这位大学的老朋友靠过去，和他一起开怀大笑，仿佛他的话语真的特别有趣一般。回家的路上，拉比异常沉默，然后他说自己累了。当被问到有何不适，他用那句著名的“没什么”作答；一回到尚有新鲜油漆味的家，他便径直走进那间有沙发床的书房，然后砰地关上门。

“喂，别这样！”她抬高声音喊着，以便他能听到，“至少得告诉我是怎么回事。”

他的回答则是：“去你的，别烦我。”这种话语，有时候透射的其实是恐惧。

柯尔斯滕给自己泡杯茶，然后进了卧室。她坚持认为——其实并非全然无感——自己并不知道新婚丈夫（他与“弓”酒吧的氛围确实格格不入）因了何事如此烦心。

愠怒的核心，其实是一个令人费解的混合体：强烈的愤怒，与同样强烈的、不愿言说愤怒所为何事的渴望。愠怒者迫切需要对方理解，却又丝毫不帮助对方理解。正是对解释的需求，形成了侮辱的核心：如果对方尚需解释方可领悟，那么显然，他们不配得到解释。我们还需要补充一句：这是愠怒者的特权，它代表他们足够尊重、信任我们，认为我们理应领会他们没有言说的伤害。这是爱情古怪的馈赠之一。

最终，她下床，敲响书房的门。她母亲总说，吵架不过夜。她依然在对自己说，没明白出了什么状况。“亲爱的，你这举动就像两岁的孩子。咱俩是同心同德，你忘啦？你至少该解释下你为什么会这样。”

在塞满建筑书籍的小书房里，那个巨婴在沙发床上辗转反侧，脑袋里只想着自己绝不心软；而且毫不相干的是，看着旁边书架上那书的书脊上几个烫金字“密斯·范·德·罗厄[1]”，他觉得那么陌生。

对他而言，这种状态并不寻常。在过往恋爱中，他一向都是竭力更宽容的一方，但柯尔斯滕的乐观和坚强把他推向了另一边。如今，轮到他躺在那里，烦心、失眠。为何她所有的朋友都讨厌他？她不觉得他们过分吗？她干吗不介入，来帮助他、保护他？

愠怒，是在致敬一种美丽、危险的理想状态——它可回溯到我们最早的童年时期：承诺缔结无言的默契。在子宫里，我们从来无须去解释，我们的每一点要求都会被满足。暖心的慰藉总是适时到来。这种田园诗般的生活，会持续到我们的幼年。我们不必为任何

1 德国建筑师，最著名的现代主义建筑大师之一，与赖特、勒科比西埃、格罗皮乌斯并称四大现代建筑大师。密斯坚持“少就是多”的建筑设计哲学，在处理手法上主张流动空间的新概念。

要求开口：善良的大人们自会猜度。他们能看透我们的眼泪、我们的咿呀儿语和我们的困惑，去发现我们尚无能力去表达的烦恼背后的因由。

这，也许便是为何在人际交往中，当一方可能无法正确解读另一方时，即便是最富口才之人，也不愿阐明真实缘由。只有无需言语且又精准的读心术，方真正标志着对方值得我们信任；只有当言语已是多余时，我们才会确信，自己已被真正的理解。

当他再无法撑下去时，他蹑手蹑脚回到卧室，挨着她端坐床边。他想唤醒她，可看到她聪慧、善良的脸庞休憩着，又觉得就如此便好。她的嘴微张着，他能听到她极轻微的呼吸；街上灯光透了进来，他可看到她胳膊上的汗毛。

来日清晨，天清凉，但阳光灿烂。柯尔斯滕先起床，准备了两个水煮蛋，一人一个，还有一篮子切得整整齐齐的面包。她看着花园里的柳树，感恩着这大千万物带给人的踏实与适宜。当拉比走进厨房时，头发蓬乱，略带窘色；他们以沉默开局，最终相视而笑。午餐时，他给她发了一个电邮：“我有点疯了，抱歉。”虽然她正等着去开一个理事会会议，却还是秒回：“如果不疯一下，生活就太无聊了。而且孤单。”这场闷气，便再无人提起。

理想的状态在于，作为愠怒者的特定火力目标，我们应该持有最温柔的笑容。我们应该认可一个动人的悖论——愠怒者也许已是六英尺有余的职场之人，但真实情势却是全然相反："在内心深处，我依然是个婴童，此刻我需要你变身高堂。我需要你准确地猜测出我痛苦的真实原由，就如我尚在襁褓、我对爱的概念初生成时那样。"

若将爱人的气恼视作婴童的耍小性子，这便是给予最大可能的善解人意。我们过于敏感地认为，被视作少不经事，乃是对方居高临下之态；我们却忘了，人们间或会忽视我们的成人身份，只为与我们内在的那个失望、愤怒、口齿不清的幼童和谐相处并原谅他，也是我们最大的特权。

070.

性爱与潜意识压抑力[1]

他俩在周六偶尔会光顾的那家咖啡馆，点了一份炒蛋，聊聊一周的情况，读读报纸。柯尔斯滕正和拉比讲她朋友肖娜的头疼事：她的男友阿拉斯代尔突然被派去新加坡工作了。她应该跟他去吗，肖娜不知道（他们在一起已经两年了），或者还是待在因弗内斯那家她刚刚获得升职的牙科诊所？不论如何衡量，这都是一个重大的决定。但柯尔斯滕语速太慢，而且也偶尔跑跑题，所以拉比也就一边瞅瞅《每日纪事报》上的新闻。最近有一些骇人的事件被报道出来，发生地的地名都非常好听：一位历史代课老师在位于洛赫盖利附近的家里，用一把古剑把自己妻子斩首了；而在奥赫特马赫蒂，警察正在追捕一位五十二岁的父亲，他和自己十六岁的女儿生了一个孩子。

“汗先生，如果你再继续当我的话都是背景噪音，你可以随心所欲地充耳不闻，那么我保证，你会发现洛赫盖利那个可怜的女人的遭遇，简直就像迪士尼乐园的体验一样美好。”柯尔斯滕说着，用一把（钝）刀重重地戳他肋骨。

然而，吸引拉比的，并非只是法夫大区的乱伦案和肖娜的困境。他关注的，还有第三件事。安格鲁和玛丽亚经营这家咖啡馆已经三十年。安格鲁的父亲，来自西西里岛，二战时是奥克尼群岛[2]上的在押犯。这对老夫妇有一个二十一岁的女儿，叫安东内拉，她刚刚从位于阿伯丁的北东苏格兰大学[3]的餐饮与酒店管理专业毕业。没有要务在身时，她便在咖啡馆做帮手，来回奔波于厨房和用餐区，能一次上四份餐；她优雅地穿梭在餐桌之间，一边不断地提醒说，盘子很烫。她个子高挑，身体壮硕，个性宽厚，而且特别漂亮。她和老主顾愉快地谈论着天气，还和一些看着她从小长大的常客聊聊自己的近况。她对对面桌上那几个开朗的年老女士说，她眼下尚无男友，并补充说，她一点也不在乎——还说，不，她从来没尝试过网恋，那不是她的风格。她脖子上的一条项链上，挂着一个硕大的十字架。

---

1 隶属精神分析学范畴，意指人们的心理阻止意识产生对某些事物的渴望，同时产生了潜意识压抑力，与自身的防御机制一同进行人们对希望和感情的抑制。

2 英国苏格兰东北部群岛。

3 成立于二〇一三年十一月，是由阿伯丁大学和班夫 & 巴肯大学合并而来，位于苏格兰阿伯丁市。

当拉比看着她时，不由自主地，他的一部分思绪摒弃了它正常的职责，开始天马行空地联想一系列场景：咖啡机后面那段楼梯一直通到上面的公寓；安东内拉的小房间里乱糟糟地堆着还没开封的盒子，是她从大学带回来的；一束晨光落在她乌黑的头发上，令她白皙的皮肤透射着一种静谧之美；她的衣服凌乱地堆在椅子上，安东内拉自己则躺在床上，修长、健壮的腿大张着，除了那个十字架，她一丝不挂。

在西方，基督教的观点是，性只能伴随爱而生。该宗教坚持认为，互生欢喜的两个人，必须并且只可把身体与眼神保留给对方。若对陌生者产生性幻想，便是放弃爱的真正精神，是背叛上帝和自己的人性。

如此既感人至深也令人生畏的戒律，并未追随着曾经赞成它们的信仰的衰败而全然消失。在有神论的理论基础明确不复存在后，它们似乎又已经融入了浪漫主义的意识形态，与爱情中高度重视的性忠贞观点一致。世俗凡间的一夫一妻制，也被视作情感承诺和美德的必要而至高无上的体现方式。我们的时代显著保持着早期宗教的基本要义：真正的爱情必须具备全心全意的性忠诚。

拉比和柯尔斯滕手拉着手，慢悠悠地步行回家，偶尔停下来在某家商店看看。这会是非常温暖的一天，大海成了蓝绿色，天几乎有些热了。柯尔斯滕先去洗了澡，待俩人都洗毕，他们上了床，觉得送走漫长辛苦的一周后，应该放纵一下。

他们乐于在做爱时编造故事。一方开了头，另一方便接着讲，然后再循环续下去。情节可以很极端。“放学后，教室里空荡荡的，”有一次，柯尔斯滕这样开头，“你已经说了让我晚点走，这样我们就可以再过一遍我的文章。我很害羞，容易红脸，因为我接受的是严格的天主教教育……”拉比会添加一些细节：“我是地理老师，是冰川研究专家。我的双手在颤抖。我摸了你的左膝，几乎不敢相信……”

迄今，他们合作的故事中，主角有迷路的男登山运动员和足智多谋的女医生、他们的朋友迈克和贝尔，以及一个飞行员与她的保守但好奇的乘客。所以，今天早上，拉比一时兴起，想发起一个有关女招待、十字架和皮鞭的故事，这从结构上说，并没什么不同寻常。

相对于基督教和浪漫主义的宗旨——性和爱理应密不可分，还有另外一种观点，时常在力争跻身正派人的圈子为人所闻。这种浪子理论否认爱情与绝对忠贞之间有任何内在的逻辑联系。它倡导说，对情侣双方而言，偶尔与毫无感情但彼此却强烈吸引的陌生人做爱，这可以是水到渠成，甚至有益健康。性不必总束缚于爱。有时它可以——这种哲学认为——是纯生理的有氧运动，不掺杂实质情感。其拥趸们认为，只可与爱的人做爱，这观点的荒谬，犹如只有已婚夫妇才可以共打羽毛球或跑步一般。

当下，这观点显然尚属少数派。

拉比在铺设场景："咱俩在意大利一个海边小镇，也许是里米尼[1]，我们已经吃了些冰淇淋，可能还有开心果；这时，你注意到了那个女服务员，她人腼腆，但很友好，毫不做作，散发着母性和迷人的纯真。"

"你说的是安东内拉。"

"不一定。"

"拉比汗，闭嘴！"柯尔斯滕讥讽说。

"好吧，那就是安东内拉吧。我们对安东内拉建议说，等她下班后，她也许想来我们的酒店，喝点格拉巴酒。她受宠若惊，又有点尴尬。要知道，她已经有男朋友，叫马可，是当地汽修厂的技师，特别爱吃醋，床上功夫又特差。有些事，她几年前就想尝试，可他都一口回绝。它们在她脑子里挥之不去，她接受我们不同寻常的提议，部分原因也在此。"

---

1 意大利东北部港市。

柯尔斯滕一言不发。“现在我们回到酒店了，房间里有一张带老式黄铜床头的大床。她的皮肤好柔软。她的上唇湿漉漉。你去舔了它，然后你的手温柔地划过她的身体。”拉比继续着，“她还穿着围裙，你帮她脱下。你知道她温柔美好，可你也想以一种纯雇佣的方式对她，所以才会需要有皮鞭。你把她的胸罩拉上去——是黑色的，或者不，可能是灰色的——然后凑过去，把她的胸含进嘴里。她的乳头硬硬的。”

柯尔斯滕还是缄默不语。“你向下移动，把手放进她意大利蕾丝短裤里，”他接着讲，“突然你感觉你想舔她两腿之间，于是你让她趴着，开始从后面探索她。”

至此，拉比的故事搭档的沉默，开始让人感到压抑了。

“你没事吧？”他问。

“我没事，只是……我不知道……你用这种方式想象安东内拉，很怪异，有点变态，真的。她那么可爱，她读中学时我就认识她了；现在她父母特别骄傲于她的优秀。我讨厌那种老套的故事，一个男人坐在那儿看两个女人互舔。坦率讲，有点愚蠢和色情。说到菊花，坦率讲……”

“对不起，你是对的，这很荒谬，”拉比打断她，突然意识到自己愚蠢透了，“把我刚才说的一切都忘了吧。不应该让这种事发生在我们和布廖斯基咖啡馆之间。”

浪漫主义并非只在促进一夫一妻制性爱的威信；它同时也令任何婚姻外的性趣显得愚蠢而无情。它强有力地再定义了渴望与非固定性伴侣发生肉体关系的意义。它把婚姻外的每一点性趣变成了一种威胁，通常已几近情感灾难。

依据拉比的幻想，这本该是一次温柔而愉快的欢会。他和柯尔斯滕会在咖啡馆与安东内拉聊聊天，他们仨既感到紧张，又互相颇为吸引；然后他们立刻买单走人，回到默奇斯顿大道。安东内拉和柯尔斯滕会先亲昵一番，而他则坐在扶手椅上观战，然后他会取代柯尔斯滕，和安东内拉做爱。这感受热情而刺激，但就婚姻而言，就拉比对柯尔斯滕深沉的爱而言，又毫无意义。之后，他会步行送安东内拉回咖啡馆，谁都不再提起这段插曲。它并非闹剧，没有占有，也无关愧疚。圣诞节时，他们还可能给她买份水果蛋糕，送张贺卡，以答谢那场狂欢。

尽管当今时代不乏自由气息，但若以为“怪异”与“正常”的区别已销声匿迹，这实属幼稚。它从来都安然存在，坐等着恐吓那些质疑爱与性的规范约束的人，驱赶他们回归正常。如今，穿短裤、露肚脐、婚姻无关性别，或看点黄片取乐，可能都已属“正常”；但笃信真爱只可一夫一妻、欲望只该聚焦一人，也是不可或缺的“正常”。若质疑这一基本原则，便存在被公开或私下被驳斥的危险，并被祭出那个最是懊丧、刻薄和羞耻的词汇：变态。

拉比绝非善言之人，长久以来，在阐述比较激烈的个人观点时，他总感觉障碍多多，顾虑重重。当他老板埃文宣布公司要侧重石油行业、减少当地政府合约的新战略时，换作其他人也许会要求开个会，和老板到顶楼可以鸟瞰卡尔敦山的会议室里待上半小时，解释这种策略调整不仅错误而且可能危险，可拉比没有。相反，他保持缄默，只是说教式地评论了几句，幻想有他人奇迹般地从中推断出他的异见。同样地，当他意识到那个受雇协助他的初级员工杰玛弄错很多测量结果时，他内里沮丧，却从未和她提及问题所在，只是默然自行完成，留下这年轻姑娘惊讶于新差事工作量之少。他并非蓄意讳言、操纵或孤僻；他只是不自主地放弃了他人，放弃了自己说服他人的能力。

在光顾布廖斯基咖啡馆并经历了有关安东内拉的难堪事件之后，那天余下的辰光里，拉比和柯尔斯滕之间的气氛有些紧张，这是他们性爱无疾而终时常有的局面。潜意识里，拉比为自己的束手无策感到失望和恼怒。毕竟，当伴侣无意于和一个熟谙盘盏且碰巧适合围裙装的、刚毕业的大学生来个“三人组”时，就小题大做，这有失妥当。

实质上，善言者必须具备一种能力：不为自己个性中更成问题、更怪异的一面所困扰。他们可以正视自己的怒火、性取向，以及不被认同、尴尬或落伍的观点，而不致丧失信心或陷入自我厌恶。他们可以清楚地阐述自己，因为他们已经建立起一种极大的自我接受度。他们足够欣赏自我，从而相信，只要有足够的能力去展现自己，辅之以适度的耐心和想象力，他们便理应获得一份友善，并且能够获得。

这种善言之人，必然是在孩提时代与自己的照护者相处融洽；照护者知道如何包容他们的挑剔，从来不要求他们讨好于人，或做到完美无缺。此类父母能够接受他们的孩子可能偶尔——至少一段时间——与众不同，具有攻击性、易怒、刻薄、古怪或悲伤，但仍旧值得关爱。于是，此类父母便创造出一种宝贵的勇气之源，令他们的子女在最终长大成人后，依旧保有坦率，可以直接沟通。

拉比的父亲个性沉默，为人苛刻。自他这一代，才摆脱了巴勒贝克[1]附近小乡村的赤贫和农工的命运，他是家族里逃离故里、接受大学教育的第一人，但他依然承袭着悠久的祖传遗风，对权威谨小慎微。直抒胸臆不是汗家族的标准做派。

1 黎巴嫩东部的一个城镇，位于贝鲁特东北部。它是古代腓尼基城的遗址，那时可能是用于朝拜太阳神的地方，现在因其大量的罗马遗迹而闻名。

拉比母亲给予的人际沟通的引导也不尽人意。她极度爱他，但她需要他维持着某一种状态。每当她结束飞行任务，回到气氛焦虑的贝鲁特和自己的婚姻状态中，她儿子总见她眉头紧锁，他认为自己绝不可再给她添堵。他只想让她轻松、令她笑颜绽放。对于自身的任何焦虑，他会反射性地掩藏起来。他的职责是维护她的完好无损。他不能把自己真正遭遇的棘手事太多告知于她。

因而，在拉比的成长历程中，他把爱解读成是他人在奖赏自己的乖巧而非率真。作为成年人，且身为人夫，他不知该如何让一些事物协调连贯、不受制于他自身的非规范部分。他的神秘莫测与犹豫不决，并非出于傲慢，或认为妻子无权了解真实的自己。相反，他只是纯然恐惧因为见证人的在场，他的自我厌恶会加剧到无法承受的地步。

若拉比并非如此恐惧自己的想法，他也许可将欲望勇敢地呈现在柯尔斯滕面前，就好比自然科学家将某种新发现的奇特物种，展示给同事，然后两人可共力去探索它、适应它。但他本能地认为，关于自身的相当大一部分，不予共享是明智之举。他过于依赖柯尔斯滕的爱，以致不能把自己在力比多驱动下的神游之所，一一指认给柯尔斯滕。她因而也永远不会知道，韦弗利车站那报刊亭的钱柜后面，有她丈夫念念不忘的女人；在她生日之夜，他对她的好友安娜好奇心大动；汉诺瓦街那商店里的连衣裙惹得他兴奋不已；长筒袜让他浮想联翩；或与她同榻时，偶尔会有女人的脸庞不自主地闪现在他脑海内。

以性冒险与表里如一为特征的第一兴奋期已然告终。如今，于拉比而言，与袒露真实的内心相比，尤为重要的是，他需要保持对柯尔斯滕的吸引力。

善听者与善言者同等重要，不可或缺。此处，非凡的自信也是关键——面对丰富的、可能挑战某些定论的信息量，他们有能耐不乱阵脚，不随意动摇。善听者淡定应对他人可能臆想出来的混乱局面，他们阅历丰富，知晓一切终将回归本位。

个中责任，并不独在拉比。除了几近脱口而出“怪异”“变态”之类的词汇，柯尔斯滕在营造启示性气氛方面，几无建树。同样，她使用这些字眼，并非出于厌恶或蔑视，而是害怕默许了拉比的幻想，最终便是愈加放纵它们，从而令他们的爱受到削弱。

如果调个角色，换种心情，她可能会以如此言语回应丈夫的状态：这种非同寻常的白日梦属于异质，不为人熟知，坦白讲，让我很恶心，但我还是有兴趣倾听，因为相比于我个人的舒适，更为重要的是，我有能力自如应对真实的你。刚刚在幻想安东内拉的人儿，正是与我在因弗内斯成婚的人，也是在我们抽屉柜顶部的那张照片里瞪着眼睛的小男孩。尽管他的想法有时可能令我不安，但他是我爱的人，我不愿把他想得太坏。你是我最亲密的朋友，我想要了解你的思想，不论它们多么冷僻怪异，我都可安然接受。我永远无法完全遵照你的意愿行事，或成为你想要的任何模样，反之亦然；但我想我们可以成为敢于将真实的自己告知彼此的那种人。另有一种选择是沉默和谎言，但它们是爱情真正的敌人。

抑或相反，她可以将自己恼怒背后的脆弱展露无遗："我但愿自己成为你的一切。我但愿在我之外，你再无这种需求。当然，我并不真认为你对安东内拉的幻想丑恶可憎；我只是希望你永远没必要去幻想他人。我知道这很疯狂，但我最大的愿望便是以己一身，全然满足你。"

结果，拉比没有提起，柯尔斯滕没有倾听。相反，他们去看了电影，一起度过了一个非常愉快的夜晚。然而，在他们爱情的发动机房内，警灯已然亮起了。

当伴侣很少再提及那些令我们害怕、震惊或厌恶之事，便是我们需要开始警觉之时，因为它也许便是最明确的信号，不管对方是因为善良，还是出于令人动容的担心、担心失去爱情，都表明我们不再被坦诚相见，或已被屏蔽在幻想之外。它也可能意味着对于有悖期望、因此越发危及期望的信息，我们已经不由自主地充耳不闻。

拉比任凭自己遭受部分误解，而且下意识地责怪妻子不接纳自己怯于阐明的那些本性。而柯尔斯滕一方，则从不敢探问丈夫，除去她的戏份，他的性心理还有什么真实内容；于是她选择不去深刻正视自己如此害怕寻究更多真相的原因。

至于拉比性幻想中的那位黑发姑娘，她的名字很久没再出现在他们的对话中，直到有一天，柯尔斯滕从布廖斯基咖啡馆喝咖啡归来，带回一些新闻。安东内拉搬去了北方，在西海岸的阿盖尔郡一家小型豪华酒店做前台接待主管，而且已经与那儿的一位客房管理员——一个年轻的荷兰女人，陷入热恋，她父母起初震惊不已，但最终还是化惊为喜，安东内拉准备数月内便与她在阿珀尔多伦市举行盛大的结婚典礼。拉比以几近令人信服的全然冷漠应对着这则新闻。他选择了爱，而非力比多。

083.

移　情[1]

结婚两年来，拉比的工作一直不够稳定，扛不住业务量的波动和客户的突变。所以一月初时，当公司获得一个工期颇长的大合同时，他为此欣喜万分；工程横跨英国边境，位于条件不太好的南希尔兹市，距离爱丁堡东南部大约两个半小时的火车车程。具体项目是重建码头一带，把一个废弃的工业物流大杂烩区改造成一个公园、一个咖啡馆，和一个博物馆，用以安置当地的一个海事文物——英国第二古老的救生船“泰恩号”。埃文问拉比是否愿意主理该项目，这是一个重要的荣誉，但同时也意味着在半年内，他每月得有三晚不能回家。预算非常紧张，所以他把自己的大本营安顿在南希尔兹的总理客栈；客栈位于一个女子监狱和一个货场之间，价格比较适中。晚上，他会独自在酒店的泰巴恩斯[2]餐厅吃晚饭，那儿切肉台的保温灯能把羊肉烤得嗞嗞冒油。

在他第二次前往时，当地的官员对一系列问题推诿搪塞。大家都很担心，不敢做大决定，认为工程延误源于这些不可理喻的规定；其实他们能把工程推进到这一步，已属奇迹。如此状态令拉比焦虑万分。九点刚过，他便从自己紫红色的房间给柯尔斯滕打电话，穿着袜子的脚在塑料地板上来回踱步。“泰克尔[3]，”他呼唤着她，“又是一整天让人头脑发胀的会议，政务会的那些白痴们只会没事找事。我好想你。这会儿我真愿意花一大笔钱买你一个拥抱。”那头停顿了一会儿（他仿佛感觉到了那横亘在他们之间的漫漫长路），然后她用平淡的语调回复说，二月一号之前，他得把自己的名字加到车险上，还说房东也要和他们谈谈花园那边的下水道的事——这时，拉比温柔而有力地重复说，他想她，希望此刻他们在一起。而爱丁堡那头的柯尔斯滕，正蜷在沙发的一头——“他”的那头，穿着他的针织套衫，膝盖上放着一碗金枪鱼和一片吐司。她又停顿一会儿，可当她再回应拉比时，却是一声生硬而敷衍的“好的”。很遗憾，他看不到她在强忍着泪水。这种情形已不是首次。他上次在这儿时，以及有次他去丹麦开会时，也都遭遇过类似的寒若冰霜。当时，他在电话里指责过她的古怪

1 心理学术语，泛指一种情绪或情感态度从一个人到另一个人或对象的传递、转移或“迁移”。

2 英国连锁自助餐厅。

3 腊肠狗的一种。

反常。而此时，他只是默然地承受着这种伤害。他只是提了一个合理的要求，想要一些温暖，可突然他们似乎陷入了僵局。他注视着对面监狱的窗户。每次离家在外，他都感受到她仿佛试图让他们的距离比横亘其间的山水更遥远。他渴望自己能有办法走近她，了解她为何变得如此遥远、不可接近。柯尔斯滕也不太确信自己的感受。她一双泪目看着紧挨窗户的一棵老秃树，全神贯注地在想着自己明天需要带去公司的一个文件。

若作结构分析，局面貌似如此：一番平常的状态或言语，引发了夫妻一方颇悖常情的回应，它满含烦恼或焦虑，不乏烦躁或冷漠，投射着恐慌或指责。接受方则困惑不解：毕竟，这只是在要求一个饱含爱意的道别，或让对方刷洗一下水槽里的盘碟，再或不过就对方的开支或几分钟的延误开个小玩笑。可为何最终却是如此莫名的过激反应？

基于现状的行为分析，意义实则甚微。就好比当下境况的某些方面，其实自有其他原由；它似乎在不知不觉中触发一方长久存在的一种行为模式——此时为了应对特别的威胁，下意识被唤醒。将根源于过往的某种情绪，转嫁给当下也许全然无辜的受众，此类过激反应者，需要对心理学术语所描述的这种“移情”负责。

可惜，我们的思维对于自身的阶段状况并不了如指掌，它们过于容易悸动，就仿佛盗窃案的受害者一般，会枪倚床头，警醒于任何风吹草动。

更为糟糕的是，对于陪伴左右的被爱者而言，遭遇“移情”之苦的人们，并不知道自己在经历什么，更别说冷静地作解；他们只是感觉自己的情景反应全然恰当。而伴侣，却可能作出截然不同或颇不让人受用的结论：他们显然怪里怪气——甚至可能有点发疯。

柯尔斯滕七岁时，父亲弃她而去。他不曾给予任何征兆或解释，便离家消失了。就在走的前日，他还在客厅的地板上扮演骆驼，把她驮在背上，绕着沙发和椅子玩耍。睡前他给她读了德国童话故事书，故事里讲述的是孤独的孩子和邪恶的继母，是魔法和迷失。他告诉她说，这些只是故事而已。然后，他便消失不见了。

如此遭遇，可触发诸多种反应。她的反应则是不去感知。她感知不起。她是那么出色，大家众口一词——包括老师们、两个姑姑和那个短暂接触过的辅导员。她的功课也获得进步。可在心灵深处，她根本不堪一击：她连哭泣都得积聚力量，积累能让自己最终止泪的信心。她有着排山倒海的悲伤；其危害在于她可能分崩离析，且全然不知该如何回归正常。为了阻止这种可能性，七岁的她竭力自我止血疗伤。

如今，她可以爱（以自己的方式），但确实无法承受过多的思念，即便思念的人儿就在离东南部相距数小时车程的一个小镇，几天后便会搭乘十八点二十二分的火车，鸿雁归巢。

当然了，她无法解释自己这种脾性，更别提控制它；她因此在家中颇受指摘。她但愿自己具备守护神的魔力，能在拉比开始恼怒时，便立即制止它，然后将他带出廉价酒店，悬浮在二十五年前的因弗内斯的上空，穿越低层大气厚厚的云层，透过一所小屋的窗，看到那间窄小的卧室内，一个小姑娘穿着睡衣，坐在桌边，在一张大大的纸上，一丝不苟地给格子涂颜色，借此试图让自己保持理性，将无法接受的、排山倒海的悲恸驱至脑外。

如果拉比能见证柯尔斯滕这坚韧与忍耐的画面，他的同情心自会油然而生。他会理解她的内敛背后那些感人至深的缘由，他会即刻控制自己的痛楚，而给她温柔的抚慰与同情。

然而，这世上并无神灵候命，所以，便也不会有令人动容的背景故事，阐明柯尔斯滕的过往；拉比只能直观领会她冷漠的回应——这是一种挑战，刺激他不可避免地评判她，并怒气顿生。

人们的行为脚本，经常奠基于那些久远的、已被我们刻意忘却的危机。我们依据当下已不存在的陈旧逻辑行事，追随着一种无法对最依赖的人恰当地说明的意义。我们可能尚不能洞明，自己到底处于人生的何种阶段，真正打交道的人是谁，眼前人理应被如何善待。我们可能成了略显复杂的相处对象。

拉比的情况也和妻子差不多。他也不断借由自己扭曲的过往来解读当下，并被那些不合时宜的古怪冲动所影响。而这些冲动，他亦无法向自己或向柯尔斯滕作解说明。

譬如，他从爱丁堡的办公室回到家，便见门厅处一大堆衣物，柯尔斯滕本想把它们送去干洗店，后来却忘了此事，她说接下来几天会抽时间送去。这番行为，该作何解？

对拉比而言，他会立即生成一个核心的解释：这是在开启他所恐惧的混乱状态，柯尔斯滕也许根本是有意为之，以惊扰他、伤害他。他无法遵从她的建议，让这堆衣物留到明天，便亲自将它们送去（已是晚上七点），回来之后，又花了半小时噼里啪啦地清扫屋子其他地方，并尤其用心整理餐具柜的混乱不堪。

在拉比的思维中，“混乱”绝非小事一桩。潜意识里，他可在转瞬间，便将当下不合时宜的微枝末节与过往失调错位的主枝要干链接在一起，譬如：他曾在自己的卧室里看到的贝鲁特腓尼基[1]洲际酒店斑驳不堪的墙体；他每日清晨会步行经过的被炸毁的

1 地中海东岸的古国，约当今黎巴嫩和叙利亚的沿海一带。

美领馆；他的学校的墙上隔三岔五出现的凶残的涂鸦；深夜传入他耳朵的父母的大声吵闹；即便今天，对于那艘最终载着他和父母在一个一月的黑夜离开故里的塞浦路斯难民船，他依然异常清晰记得它的黑色轮廓；那套他们事后听说被洗劫一空的公寓，如今成了一个德鲁兹派战士一家人的住所（据报道，他的房间被充当了临时弹药库）。他的焦虑不安与太多的过往经历有密切联系。

现下，拉比栖身于这个星球上一个相对安全清静的角落，拥有一个本性善良、承诺不离不弃的妻子；但在他的脑海内，贝鲁特、战争和人性最残忍的方方面面，永远都是威胁，只是不在他目力范围内而已，它们时刻点染着他对一堆衣服或混乱的餐具柜的解读。

当思维涉及移情时，我们便失去了对人或事做出无罪推定的能力；我们焦虑满满地在过往的引导下，迅速作出最糟糕的结论。

不幸的是，若要承认混乱而令人困惑的过往在影响我们对当下事件的解读，这似乎令人羞愧、颜面尽失：难道伴侣与令人失望的父母、丈夫的短暂缺席与父亲的永久抛弃、待洗的衣物与内战之间的差异，我们都不明白？

爱情中最微妙而又必要的任务之一，便是情绪调控。为了承受移情的风险，便要将同情与理解优先于恼怒和评判考虑。伴侣们需要意识到，他们并不总是对方突发的焦虑或敌意的直接诱因——所以并不该总报之以怒火或伤自尊。狂怒与谴责可以让路于慈悲之怀。

当拉比回到英国时，柯尔斯滕已经恢复了一些单身时热衷的旧习惯。她会在洗澡时喝啤酒，在床上用杯子吃麦片。但很快，共同的欲望和对亲密的接纳能力又重占高地。和平日一样，玩笑安抚了潜在的焦虑，和解得以启动。

“汗太太，很抱歉打扰您。可我记得我以前是住这儿的。”拉比说。

“不可能。你一定是在找 34A，而这儿是 34B，你看……”

“我认为我们结过婚。你记得吗？那边角落的多比，是我们的孩子。他总是沉默寡言。有点像他妈妈。”

“很抱歉，拉比，”柯尔斯滕回归严肃，“你不在时，我有点不像话。我可能是想惩罚你丢下我不管，这太荒谬了，因为你只是在努力赚钱养房。原谅我吧，有时候我有点像疯子。”

柯尔斯滕的言语立刻转化成一种慰藉。面对略微口齿不清、毫不自以为是的妻子，拉比充满爱意。她的领悟，便是给予他的最好的接风洗尘之礼，是他们的情比金坚的最强大的保证。他认为自己和她并非必须美玉无瑕；他们只须偶尔给彼此一个信号：

他们心知肚明，与他们同居共生，有时绝不是易事。

我们并不必要为了和谐，而时刻保持通情达理；我们需要具备的是，偶尔有肚量欣然承认，在某些方面，我们可能会有些不可理喻。

092.

无端怪罪

拉比为柯尔斯滕安排了周末游历布拉格的惊喜，以庆贺结婚三周年。他们住在圣西里尔与圣美多迪乌斯[1]教堂旁边的一家小酒店，两人到查尔斯大桥上拍拍照片，聊聊家常，反思着时光的飞逝，还参观了斯腾伯格宫殿，欣赏早期的欧洲艺术。在那儿，一张十六世纪早期的《圣母与耶稣》的小幅绘画让柯尔斯滕停下了脚步。

“这个可爱的宝宝，最终的结局实在太可怕，谁能承受得了啊？”她若有所思地问。甚至是最基本的事物，她也会以一种可爱的方式重新解读，拉比思忖着。于她而言，这绘画不该是循规蹈矩的学术分析；相反，它预示着为人父母者最为痛心的悲剧，因而，与前往威廉堡的路上那起摩托车事故——有人痛失爱子——一样，她的同情，真切而及时。

柯尔斯滕热切期待参观布拉格动物园。除偶尔接触下猫或狗，他俩很久都没有靠近过动物了。这些被圈养的动物们，给他们的第一感觉便是奇形怪状。譬如，那只骆驼长着一个U形的脖子，背上两个毛茸茸的金字塔，睫毛好似涂了睫毛膏，还长着一口发黄的龅牙。他们在一个免费手册看到了一些资料：骆驼可以在沙漠行走十天而不用喝水；众所周知，它们的驼峰里储存的不是水，而是脂肪；它们的睫毛可以在沙暴时保护眼球；它们的肝和肾会从食物中汲取每一滴水分，所以骆驼的粪便才会干燥而结实。

手册里还介绍说，所有动物都依据特定环境进化，以便繁荣壮大，因此它们各有特色，所以，马达加斯加巨型跳跳鼠才会生就一双大耳和强壮的后腿；亚马孙红尾鲶的上腹部才有了做伪装用的沙色纹。

“没错，”柯尔斯滕突然插话说，“可当你刚出生的环境是布拉格动物园时，这些适应性便派不上用场了。在这儿，你住的是水泥酒店，每日三餐从传菜窗口送进来，除了供游客观赏，没有任何娱乐。你能做的就是长横肉、发脾气，就像那只可怜又可爱的猩猩一样，闷闷不乐，它本该生活在婆罗洲的森林里——关在

1 圣西里尔与圣美多迪乌斯两兄弟是希腊传教士、神学家，兄弟二人一起向斯拉夫人传教，共同创造斯拉夫语字母，用斯拉夫语译出《圣经》。这座巴西利卡式教堂修建于公元一八五四至一八六三年。

这儿一点也不好。”“可人类也许也一样，”拉比补上一句，看到妻子如此同情这原始人，他略感心烦，“现代人所具备的一些本能，在当初非洲大草原进化时期，是合乎情理的，但现在却只会带来麻烦。”

“譬如？”“譬如在夜间对声音的极度警觉，如今却演变成一声车喇叭便令我们再无法入睡；又譬如对甜食的喜爱，即便再好吃，它也只会令人发胖；又或者忍不住在布拉格街上看陌生女人的大腿，只会令伴侣生气、受伤。”“汗先生！就因为没娶七个老婆，没再吃个冰淇淋，你就搬出达尔文让我心生愧疚……”

当他们最终筋疲力尽地降落在爱丁堡机场时，已是周日深夜。传送带上出来的第二件行李便是柯尔斯滕的。拉比没这么幸运，于是他们坐在打烊的三明治店旁边的长凳上等着。就季节而言，天气够热了。柯尔斯滕随口一问明天天气状况。拉比拿出他的手机查询着。晴天，高温十九摄氏度。太罕见了。就在这时，他在传送带上看到了自己的包，便赶过去取下来，然后放到手推车上。他们搭上巴士回市中心时，已近午夜。身边全是同样疲惫不堪的乘客，要么在出神，要么在打盹。突然，拉比想起得给一个同事发个信息，便伸手去夹克的右口袋里取手机，接着又去摸左口袋，然后他从座位上微微抬起身，摸索裤子口袋。

“你有拿我的手机吗？”他焦灼不安地问柯尔斯滕。她正打着瞌睡，一下被惊醒了。

“当然没有，亲爱的，我怎么会拿你的手机？”他从她身边挤过去，手伸到头顶的行李架上，取下他的包，在外层的隔袋里摸索着寻找。不幸的事实渐渐清晰了：手机丢了，里面有他与外界所有的通讯信息。

“一定是在行李提取处被偷了，”柯尔斯滕说，“或是你把它丢哪儿了。真倒霉！我们明天一早就给机场打电话，看是不是有人把它交到机场了。不过，反正损失有保险弥补。咱俩还是第一次摊上这种事，真不可思议。”

可拉比却没看出有什么不可思议。

“如果需要查任何信息，你可以用我的手机。”柯尔斯滕爽朗地补充道。

拉比很恼怒。这会是一场行政噩梦的开始。会有一系列的业务操作员让他一等便是数小时，然后还得找出各种文件，填许多表格。不过，奇怪的是，他的怒火并不只在于自己的损失；其中一部分也向妻子蔓延而去。毕竟，是她首先提到天气，然后才促使他查看天气预报，不然的话，手机便会安然无恙。而且相形之下，柯尔斯滕的冷静与同情只在强调她的无忧无虑、幸运十足。当公交车驶向韦弗利大桥时，一个重要的逻辑在拉比心中生成：这所有的痛苦、困扰和麻烦，一点一滴，都是她的过错。她该为这一切负责，包括他的头正疼得仿佛老虎钳在夹着太阳穴一般。他朝她背过身，嘟囔道："我就知道我们不该搞这场疯狂而多余的旅行。"——这结论对于一个重要纪念日的庆祝活动来说，真令人悲伤，且颇欠公平。

并非人人都认同或支持拉比刚刚生成的这种关联。柯尔斯滕从未签字画押，领受守护丈夫手机的职责，而且也绝不该为这个成年灵长类动物的生活负责。但在拉比看来，这尤其合情合理。这并非首次，次次过错都是妻子所为！

关于爱情，最荒谬、幼稚、可悲但也最常见的推定便是：缔结婚约的人，并非只是我们情感生活的中心，也是我们或好或坏的一切经历的责任人——这要求实在罕见、有失客观理性，而且极欠公平。爱情怪异而病态的特权便在此。

经年岁月的种种，都是她的"过错"——他雪路滑倒；他丢了钥匙；格拉斯哥列车抛锚；他超速被罚款；他的新T恤里面有个痒痒的标签；洗衣机洗出来的衣服没脱干水；他没能进入自己梦想的建筑领域；新邻居午夜时分大声播放音乐；他们不再有很多快乐时刻。需要强调的是，在这方面，柯尔斯滕自己列的清单也绝不会简短或更合理：她没法常常见到母亲，怪拉比；她的紧身裤总抽丝，怪拉比；她的朋友吉娜从不联络她，怪拉比；她总是疲惫不堪，怪拉比；她的指甲钳总是不见，怪拉比；他们不再有很多快乐时刻，当然还是怪拉比。

世界无时无刻不在令我们不安、失望、沮丧和受伤。它延误着我们，驳斥我们的创意，无视我们升迁的诉求，让白痴获得奖赏，将我们的雄心粉碎在它凄凉、无情的浅滩上。我们从来不可有丝毫抱怨。要理清真正的罪魁祸首，困难重重；而且，即便理清，抱怨也必是危险重重（惟恐被炒被嘲）！

只有一人可容我们展露自己的件件冤屈；此人，可接纳我们不公正不完美的人生中积聚的所有怒火。当然，若怪罪于这个人，这着实荒诞绝伦。然而，我们会曲解爱的运作规则。正因为我们不能朝真凶咆哮，才会对我们确信能最大限度承受指摘的人发怒。我们将怒火泼向身边最和善、最富同情心也最忠诚的人；他们最不可能对我们施以伤害，同时被无情咆哮时，也最可能不离不弃。

施予爱人的指责，并无特别的意义。我们不会将诸多不公平诉之于其他任何人。但是我们疯狂的控诉，却是亲密与信任的独特证明，是爱本该有的症状——它们借由自己的方式，让承诺得以变态地证明。陌生人令我们保持言辞明智、礼貌得体；同理，只有爱人，令我们全身心地笃信自己可以肆无忌惮、不可理喻。

布拉格归来数周之后，一个更大的新问题出现了。拉比的老板埃文召开了团队会议。他透露说，虽然过去八个月状况不错，但现在业务量又开始萧条一片。除非很快能拿到一个可观的项目，否则公司没法保证所有在职人员的岗位。会后，埃文在走廊里把拉比叫到一边。

“你一定能理解的，”他说，“这不是针对你个人。你是个好人，拉比！”盘算着解雇你的人，真该行事磊落，勇敢地接受你的怨恨，拉比心想。

失业的威胁，令他沮丧焦虑。他知道，在这座城市再想找份工作，是难上加难。他可能得另迁他处，但柯尔斯滕该怎么办？身为人夫的最基本责任，他可能都无法承担。遥想多年前，他曾认为自己未来的职业，会让他既财务稳定又可实现非凡的成就，可真是异想天开。正如他父亲一直暗示的，这想法既幼稚又任性。

这天，他步行回家时，经过罗马天主教圣马利亚大教堂。他以前从未进去过。教堂的外观似乎总显得暗淡阴郁、了无生机，但今天心情烦躁、慌乱，他决定进去兜兜看，结果走到了正对中堂的一个壁龛里，迎面是一大幅圣母马利亚的画像，她用忧伤而慈祥的眼神俯视着他。在她饱含悲怜的神情中，有一种东西感动了他，仿佛她多少了解埃文·弗兰克的伎俩，也知道工作机会短缺，所以想让他笃信，她自己对他信心长存。比照着长大成人后遭遇的困境，与圣母神情中的善良与温柔，他感觉泪水涌上了眼眶。她似乎理解他，却毫无谴责之意。当他再看表时，他惊讶地发现十五分钟已经过去了。他承认，对于一个无神论者而言，立身烛火通明的厅堂内一幅圣母马利亚的画像下，意欲一洒泪水，一吐困惑，这有点疯狂。他并无太多选择，对他仍信任满怀的人也所剩无几，家庭的重担将大半落在妻子肩头，这对一个普通的凡人来说，意味着要求过多。

回到家，柯尔斯滕依照他的做法，已经做好了小胡瓜、罗勒和羊乳酪色拉。她想知道这次工作危机的所有细节。埃文是何时告知的？他又是如何应对的？其他人又作何反应？很快会再开会吗？拉比一开始还作答，接着怒喝道：

“你干吗如此关心这些细枝末节？已经是既成事实，有大麻烦了。”

他扔下餐巾，开始来回踱步。

柯尔斯滕之所以要知道来龙去脉，因为这是她解决焦虑的方式：她会紧紧依据细节，然后整理它们。她不愿就那么直接暴露自己有多担忧。她的风格是含蓄谨慎，着重于善后。拉比想要咆哮，或砸点东西。他审视着自己漂亮而善良的妻子——自己将成为她长久的负担。当生活中出现灾难时，拉比会把它们带回家，乱糟糟地置于柯尔斯滕面前。每年至少有八次，他们会经历类似的场景。

他站在壁炉旁，她走到他身边，把他的手握在自己手里，温暖而真诚地说："一切都会好的。"——他俩都心知肚明，这话未必能当真。

我们对伴侣施之以如此需求，同时又待之以无理取闹，皆因我们相信，他们理解我们的隐秘部分，他们能解决我们如此之多的灾难，他们也必将能设法修补我们人生的一切问题。我们以一种奇怪的虔敬，夸大着对方的能耐——这种虔敬，堪比孩童敬畏于父母的无所不能。

对于六岁时的拉比而言，母亲就仿佛神一般的存在：她总能找到他丢失的毛绒熊；她会永远确保冰箱里有他喜欢的巧克力牛奶；她每日清晨都能给他换上干净衣服；她会和他一起躺在床上，解释他父亲咆哮的原因；她知道如何让地球斜绕着地轴……

对于成年伴侣内心那未成年的自我，柯尔斯滕和拉比都知道该如何去抚慰。这是他们彼此相爱的缘由。但在此过程中，他们也不知不觉秉持着幼童会赋予其父母的那种危险且有违常理、无辜而又幼稚的信任。对成年的拉比和柯尔斯滕而言，他们最原始的某些部分坚持认为，爱人对于世界的控制力，必须比其他任何成年人都要强大；所以，当有问题出现时，怒火与沮丧便会随之滋生。柯尔斯滕把拉比搂到怀里。“只要有我能做的，我一定会尽力。”她说。拉比忧伤而亲切地看着她，仿佛第一次意识到，自己此刻面临的孤独，丝毫无损于他们的爱情。他对她并无愤怒，只是这工作事件令他恐慌、倍受打击。他承认，若要做一个更合格的丈夫，他需要学会，尽量少将破坏性的、错误的期望施加给这个深爱他的女人。他必须准备在紧要关头孤军奋战。

102.

施教与受教

拉比的差事尚继续着，但依然没安全感。他们多数朋友都已结婚，开始为人父母；他们的社交生活渐渐以家庭为主。大约有六七对夫妻轮流做庄，组织聚会，通常是在周末，去某家吃晚饭或午饭（带着孩子）。

聚会的氛围温暖而充满情谊，但在表象之下，同时也有着特别多的比较和炫耀。围绕着工作、假期、房屋改善计划和孩子们的大事件，常有各种竞争，暗藏其间。

对于这种暗地里的较劲，拉比采取一种厚脸皮的大胆态度。他对柯尔斯滕直言不讳地说，他们并非什么显赫的夫妻，但很快又补充说，这压根无关紧要：他们应该知足于现状。他们至少没住在充满着飞短流长、家长里短的狭小街巷，他们可以按自己的方式生活。

一个周六的凌晨一点左右，他俩正在厨房里清洗碗碟。这时，柯尔斯滕说，吃布丁时，她听说克莱尔和她丈夫克里斯托夫打算去希腊租个地方消夏，是自带游泳池、花园，还有着私家橄榄园的别墅。她会一直待在那儿，他来回奔波。她说，这听上去简直太棒了，但费用肯定也巨贵无比，真不敢想象，如今一个外科医生的收入简直高得离谱。这番评论，令拉比感到心烦。妻子干吗要在乎这个？为何不满足于他们自己的假期（在西部群岛的一间农舍）？凭他们的薪水，如何负担得起一套别墅的租金？这并非她第一次讲类似话语。大约一周前，她不情愿地放弃购买一件新大衣，后来又饱含羡慕地讲述詹姆斯邀请梅丽去罗马度周末；就在昨天，她还满是崇敬地说，她两个朋友的孩子上私立学校了。

拉比但愿她能停止这种攀比之风。他希望她以自身为荣，而不在意这无聊的贫富排序；他需要她感恩他们生活中的那些精神财富；他期待她珍惜自己的所得，而非痛苦于自己的所不得。但因为他已是睡眼惺忪，同时这也是一个具有风险的话题，他自身对此也有许多焦虑，所以，他最终的建议并不如他期望的那样，细致入微而富有说服力。

“亲爱的，我很抱歉自己不是一个拥有别墅的阔绰的外科医生。”他能听到自己声音中的讥讽，知道这话立马会产生怎样的效果，但他没法阻止自己，“让你和我一起窝在这贫民窟里，我很惭愧。”

104.

“你干吗这么埋怨我？而且都这么晚了。”柯尔斯滕反驳说，“我不过说他们要去休假了，结果这半夜三更的，你立刻莫名其妙地攻击我——貌似你一直都在候着机会出手吗？我记得以前我说话时，你不是这么吹毛求疵。”

“我不是吹毛求疵。我只是关心咱俩。”

试图“教导”爱人的想法，给人以居高临下、用心险恶之感，且有伤和谐。若是真爱，便就丝毫不期盼他或她改变。对此，浪漫主义态度鲜明：真爱应该代表着对爱人的全盘接受。正是这种饱含关爱和仁慈的根本性承诺，让爱情的早期如此感人至深。在这崭新的爱情中，我们的脆弱被赋以宽容大度。我们的羞怯、尴尬和困惑面对的是被疼惜（就如幼时那般），而不是激发讽刺或抱怨；我们更为复杂的方方面面，则完全被一份怜爱过滤之后，方得以解读。

基于这些时刻，一个美妙而富有挑战，甚至轻率的信念得以生成：惟有无边包容，方是至真之爱。

婚姻给了拉比和柯尔斯滕机会，去极为细微地审视彼此的个性。自成年以来，他们还从未有充裕时间，在备感逼仄的栖身之所，检视他们的行为举止，而且还被诸多充满变数的苛刻条件所支配：夜深时分和神志不清的清晨，为工作恐慌和抑郁，对朋友感到失望，或为找不到日用品而怒火中烧。

基于此，他们便心生野心，着意要开发对方的潜能。他们可以适时看清对方缺失的重要品质，并且笃信只要直言相告，便能令它们生成；他们比任何人都更了解问题所在以及解决方案。他们的婚姻悄无声息地承载着对彼此的改造计划。

与表象截然相反的是，餐会之后，拉比真诚地想改变自己爱妻的个性。但他选择的方式却与众不同：声称柯尔斯滕很物质，对她吼叫，随后，啪地摔上两道门。

“你关注的都是我们的朋友赚钱之多，而我们捉襟见肘，”他愤愤不平地大声说，柯尔斯滕正站在水槽边刷牙，“照你那描述，人人都当你只有破屋栖身，熊皮裹体。我不希望你再为钱而烦恼。你已经物质得令人抓狂。”

拉比的“授课”方式如此疯狂（门被大力地摔着），并非在于他是一个怪物（但若此时有无私的证人作此结论，也不足为奇），而是他感到既害怕又无力：害怕，是因为妻子，也是最好的朋友，似乎不能理解“金钱”与“获取金钱”之间的转折点；无力，则在于他无法为柯尔斯滕提供她正无比向往（对此，他坚信不疑）的物质。

他迫切需要妻子择取他看待事物的观点，然而他却毫无能力去帮助她，以达到自己的目的。

106.

人所共知，惟有极度的关怀与耐心，才能令授课产生良效：我们绝不可提高嗓门，而该需要使用非凡的智慧，必须为每节课留出大量时间去沉浸其中；我们需要保证，每委婉插入一个负面评价，至少搭配十个赞美；最为重要的是，我们必须保持冷静。

然而，老师维系冷静的最佳保证，便是授课本身不与授课成败关联。平和的老师自然希望教学平顺，但若某个顽劣学生功课不及格，譬如说三角学，从根本上说，这该是学生之过。怒火之所以得以被压制，是在于学生并无几多能量决定老师的命运；他们无法操控老师的操守，也并非是老师满足感的主要决定因素。平和而成功的教学法的关键点，在于不过于执念。

可在爱情的课堂，冷静恰好最是稀缺。这教学风险多多。“学生”不再只是过客，他或她是一生的承诺。失败了，便会赔上生活。这便难怪我们易于失控、行为笨拙、言语草率，对授业行为的正当性或崇高性缺失信心。

如果因为不断升级的侮辱、愤怒和威胁，不再能促进任何人的进步，我们最终只能与目标南辕北辙，这也不足为奇。当自尊受损、骄傲受伤，我们的自我受到了一系列尖锐的侮辱时，很少有人能对自己的个性有更合理或更深刻的见解。如果那些建议只着眼在刻薄而毫无意义地攻击我们的本性，而非出于关爱尝试解决我们个性中存在的问题，我们只会变得越发抵触和尖刻。

如果拉比采用了更好的教学策略，他的授课方式也许会全然不同。作为开篇，他应该不解决任何问题，而确保两人都即刻上床、好好休息。次日清晨，他可以建议一起去散步，然后买杯咖啡和油酥点心，找张长椅坐下来享用，然后也许去乔治五世公园走走。他可以遥望着那一片高大的橡树林，赞美柯尔斯滕前晚的餐会安排得不错，还有其他几件事也办得完美，譬如她处理办公室政治时技巧高超，或者前一天很体贴地帮他邮寄包裹。接着，不要指责她，相反他该把自己牵涉进他希望聚焦的言行中去。“泰克尔，我发现我非常嫉妒我们的一些朋友，”他可以这样开始，“如果我当初进入建筑领域，我们也许就可以有一座夏季别墅，我肯定会对它着迷不已。我可以是第一个凭临地中海、欣赏日出的人，我梦想着它有凉爽的石灰石地板，花园里飘着茉莉和百里香的味道。我很抱歉自己没能力满足咱俩的愿望。”然后，仿佛医生在打针前安慰病人一般，他可以说：“不过我还想说的是——这对咱俩来说，可能也是一次考验，我们不要忘了，在其他一系列方面，我们还是非常幸运的。我们幸运能拥有彼此，能在天气晴好时开心工作；在外赫布里底群岛飘着羊粪味的佃农小屋里消暑时，知道如何快乐地打发连日阴雨的天气。对于我来说，只要和你在一起，哪怕只能睡在这张长椅上，我也是那么幸福。”

但问题在于，不只是拉比不善为师，柯尔斯滕也并非明星学员。在他们的婚姻中，他俩在“教”与“学”这两项任务上都一败涂地。其中一方口吻里一旦有任何说教，另一方便自认为受到攻击，最终便是令他们对各自的意见充耳不闻，对建议回击以讽刺和攻击，在脆弱的“指导”方的头脑中，便会激发进一步的恼怒与厌倦。

“拉比，在我的人生中，还从没人说过我很物质，”柯尔斯滕（躺在床上，越发疲惫了）回应说，她深深愤怒于被指责过于关注和眼红朋友们的生活方式，“实际上，就两天前，妈妈还在电话里说，她从没见过像我这样节俭、谨慎用钱的人。”“但这情况略不一样，泰克尔。我们都知道，她是因为爱你，才这么说，你在她眼里是完美无缺的。”

“你是说这爱有问题喽！如果你爱我，你干吗就不能变得同样盲目？”

“我爱你的方式是不同的。”

“什么方式？”

“是促使我想帮助你正视一些问题的方式。”

“是只会令你惹人讨厌的方式吧！”

他知道自己的意图已经灾难性地失控。

“我真的爱你。非常爱你。”他说。

“爱到你总是想改变我？拉比，我但愿自己能理解……”

过于严厉的授课，会令学生转而自我安抚，认为只是授课者疯狂或令人厌恶，而他们自己，依照逻辑，不该承受任何指摘。

从情感的角度，我们会将来自配偶的否定与朋友或家人给予的鼓励相比较，实际这二者从来都不具备可比性。

对于爱情的解读，还有其他一些方式。在古希腊人的哲学思想里，他们针对爱情与教学的关系，提出了一个传统但却有用的观点。在他们看来，爱情首先是一种对对方优点的钦佩感。爱情是一种迎面邂逅美德时的激动。

其次，爱的深化总会涉及施教者的愿望，以及受教者因而变得更富美德的向往：少些愤怒或苛责，多些好奇心或勇气，真诚的爱人从来不满足于接受止步不前的彼此，否则这将是对恋爱的整个目的的懒惰而懦弱的背叛。我们自身永远都有可提升的空间，也有可教导他人的亮点。

根据古希腊人的上述观点，如果爱人之间会明言彼此个性中不合时宜或令人不适的方面，他们不应该被视为放弃了爱的精神。他们理应为努力坚守爱的本质——帮助伴侣变成更好的自己——而被祝贺。

如今的时代更先进，对于希腊人理想的爱情观也更敏感，所以在有意指正对方缺点时，我们也许该明白，要少一些笨拙、害怕和侵略性；而在接受反馈时，则要少一些好斗和敏感，爱情中的教育理念便能因此消除一些不必要的恐怖而消极的内涵。我们便能接受，双方的责任感会令这两项工程——施教与受教，也即提点对方过错与坦然接受批判——归根结底，忠实于爱情的真正目的。

拉比从来没打算自我控制，以便让自己的观点得以被接受。他们需要漫漫光阴和多年的洞察力，才能正确掌握施教与受教的艺术。

但与此同时，拉比对于妻子物质化的指责，又因为一件令他羞愧的大事得以被削减。结婚五年之后，在房地产市场高度繁荣的时间节点，柯尔斯滕设法卖掉了他们的公寓，然后获得新的抵押贷款，以非常优惠的价格，在几条街道之外的纽巴图-泰伦斯小区，买了一栋明亮舒适的房子。这次策略，充分展示了她作为一个金融谈判专家的能耐。拉比看着她深夜尚在查对各种不同的费率，大清早又与地产经纪人强势地通电话，觉得能娶到如此擅长理财的妻子，自己着实太幸运。

在此过程中，他也获得其他一些感悟。也许柯尔斯滕对他人的财务安排确实有着极度敏感的一面，它催生一定程度的安逸享乐。它可以是弱点，但在一定程度上（拉比也不是很确定），它又与优点紧密相连。因为要仰仗妻子的财务能力，拉比必然的代价便是忍受相关的不利。那些使她擅长谈判和理财的优点，有时，尤其是当他为自己的工作焦虑时，也因为她攀比外人的成就，而令人恼怒不安。在这两种语境中，都存在着对于安全感的依赖，既不愿降低成功的物质标准，也对个中代价充满敏锐的顾虑。同一种优点既促成了令人惊喜的房屋购买交易，又带来了相应的不安全感。现在，拉比意识到，在柯尔斯滕偶尔为朋友们的财富所困扰时，她展示了不过是优点中的一点缺点而已。

未来，一旦他们搬入新家，拉比会努力继续捕捉这些优点，即便有时相应的缺点一目了然。

为人父母

115.

爱的课堂

结婚四年后，一直在憧憬有朝一日为人父母的他们，决定不再人为阻止这种可能性。七个月后，在浴室的水槽边，他们等到了消息，验孕棒垫有棉片的观察窗内，一条淡淡的蓝线显现出来——颜色还未饱满到足以预告一个新成员的到来，它似乎离当下还有九十五年的距离；它将用一个目前令人难以置信的名号，称呼眼前这两个身着内衣的人——我父母。

在备战的那漫长的几个月内，他们琢磨着自己到底该做些什么。他们熟知自己人生的种种困难，把为人父母视作一个机会，从细节出发，让一切从一开始便走上正轨。一份星期日增刊上建议说，孕妇该多吃土豆皮、葡萄干、鲱鱼和核桃油，柯尔斯滕对此积极遵从，以舒缓她对于发生在自己体内、无法掌控的一切的恐惧。不论是在会议中，还是公交车上，参加派对时还是洗衣服那会儿，她都在挂念与自己肚脐眼几毫米远的地方，有心脏瓣膜在形成，有神经元在拼接，有 DNA 决定下巴的形状、眼睛的颜色，个性的细微之处会有来自祖辈的遗传。她总是早早上床，便也不足为奇了。在她的人生中，她还从来没有如此关心过任何事物。

拉比经常把手放在她肚子上，做成保护的姿势。肚里正在发生的，可要比他俩聪明许多。他们知道如何做预算、预测交通流量、设计平面图，肚里的却懂得如何为自己建造一个会不停运作一个世纪之久的脑袋和心脏。

分娩前的几周，他们羡慕这外来的人儿即将迎来自己瓜熟蒂落的最后时刻。他们想象着在以后的生活中，也许在经过长途飞行后的某家国外的酒店房间里，它会像胎儿那样蜷缩起来，寻找着久违的母体羊水内的原始和平，以抵抗空调噪音的干扰，消除时差的影响。

历经七个小时的苦难之后，她终于到来了；他们叫她埃丝特，是取自她妈妈的一位曾祖母，第二个名字叫卡特琳，是拉比妈妈的名字。他们的眼睛没法从她身上挪开。她方方面面都那么完美，是他们看过的最漂亮的人儿；她大大的眼睛瞪着他们，似乎充满了无限智慧——仿佛她用尽前世吸收着世界的每一点智慧。她开阔的前额、精雕的手指和两只仿佛与眼睑一样柔软的小脚，将在日后无眠的漫漫长夜，以哭闹不止考验着父母的理智时，能起到镇静神经的决定性作用。

他们将她带入其中的星球，立刻便开始令他们烦恼。医院的墙是病恹恹的绿色，护士笨拙地抱着她，医生用压舌板猛戳着她例行检查；从隔壁的房间可以听到她的尖叫声和砰砰声；她一会儿太冷一会儿太热——在最初几个小时的疲惫与混乱中，她似乎一直在无休止地哭闹，哭闹声刺破了她两个绝望的侍从的心，他们无典可据以翻译她愤怒的命令。巨大的手抚摸着她的头；各种声音絮絮叨叨着她无法理解的内容；头顶的灯散发出猛烈的白光，她纸一般脆薄的眼睑还过于脆弱，以致无法承受；要吸住乳头，就仿佛要在肆虐的海洋风暴中抓住生命的浮标一般；说得委婉些，她是有些不舒服。在剧烈的挣扎之后，她最终在她的旧家外面睡着了，虽然肝肠寸断，但也无解，好在熟悉的呼吸声一起一伏，让她感到宽慰。

他们从未如此热切、确定地关心过任何人。她的到来，改变了他们对爱的理解。他们认识到，对于一些利害攸关的事物，他们过去了解得实在太少。

成熟，意味着承认浪漫的爱情可能只是狭隘的、也许是相当刻薄的情感生活的一个方面，它主要集中在寻找爱，而不是给予爱；是被爱而不是爱。

对年长于孩子许多倍的成人而言，孩子最终可能会意想不到地成为他们的老师；以一种全新的爱的方式，他们提供给成人——通过彻底的依赖、利己主义和脆弱性——一种高深的教育；这种爱绝不会嫉妒地要求回报，或怒气冲冲地表示悔恨；它真正的目标完全在于，另一个人的利益可以凌驾于自身利益之上。

她出生当日的清晨，护士安排另外一个新生儿家庭出院了，除了给他们两张关于疝气和免疫接种的宣传单页，没有其他任何指导或建议。普通家用电器的说明书都要比新生儿的指导更详细；世界保持着一个令人感伤的信念：对于人生的感受，一代人能理智地告知另一代人的，并无很多。

通过孩子，我们认识到，爱是一种以最纯净的形式呈现的服务。这个词已是饱含负面的含义。一种个人主义的、自我满足的文化不能轻易地把满足感与他人的需求等同起来。我们习惯以爱回报他人的付出，回报他们娱乐、吸引或安慰我们的能力。然而婴儿却一无所能。稍微大一些的孩子有时候会极为受挫地评价说，婴儿们毫无价值。其实这正是他们的价值所在。他们教会我们不求回报地给予，只因为他们迫切需要帮助——而我们处于施助者的位置。我们被引入的这种爱，不是基于对强者的仰慕，而是对弱者的同情，这是每一个物种共有的脆弱，它曾为我们所有，并且最终将再次为我们所有。人们总是很容易过分强调自主性和独立性，这些无助的生物在此提醒我们，没有人能最终是纯粹的“自我奋斗”，我们活在债务累累的人际关系中。我们意识到，生活取决于——毫不夸张地说——爱的能力。

我们也领悟到，服务他人并不丢脸——实际恰恰相反，因为它让我们摆脱于一种令人疲惫的责任感：不断迎合自己扭曲、贪得无厌的本性。我们认识到，生活不该只为自己而活，更值得我们为之而活的，是获得一个新生命后的那份安心与殊荣。

他们擦着她的小屁屁，一次又一次——不明白自己为何以前从未清晰地理解，这确实是一个人必须为一个人所做的。他们在午夜替她温着奶瓶；她若能一气睡上超过一个小时，他们便如释重负；他们担心她打嗝的时间，并为此争吵。所有这一切，日后她都会忘记，他们也不能或不愿意告知于她。未来某天，当她内心有足够的幸福感，渴望为他人如此付出时，她的这种认识会令他们间接体验到感激之情。

她的一无所能令人提心吊胆。事事皆须学习：如何用手指绕握杯子，如何吞咽香蕉，如何在围毯上移动手抓住一把钥匙。一切都学来不易。一早上的任务也许就是搭好积木再推倒它，用叉子敲桌子，朝水坑里扔石头，把关于印度寺庙建筑结构的书从书架上抽出来，或尝尝妈妈手指的味道。一切都那么不可思议。

柯尔斯滕和拉比都未体验过这种爱和无聊夹杂的感受。他们习惯将自己的友情奠基在共同的情致之上。但令人困惑的是，埃丝特却既让他们最感无聊，也令他们最是深爱。爱与心理兼容性很少会如此疏离——然而这压根无关紧要。也许人们过于强调了与他人的“共同点”：拉比和柯尔斯滕全新地认识到，人际关系的生成，几乎不存在任何要求。依据真爱之书，任何急需援助者，皆可与我们为友。

文学作品很少有描述娱乐室和婴儿室的内容——也许是出于充分的理由。在旧小说中，奶妈们会迅速把婴儿抱走，以便秩序得以重新恢复。在纽巴图-泰伦斯小区的这间客厅里，从外在的意义而言，接连数月，不会有多少大事发生。时间似乎空洞一片，但实际上，一切生活的内容和意义都蕴含在其中。当埃丝特最终从早期的漫长黑夜中觉醒，获得连贯的意识后，她会彻底遗忘所有的细节。但它们留给她的恒久财富则是身处这个世界时最初的舒适度和信任感。埃丝特的童年将根基于较多的感官记忆，而具体事件储存则较少：被人紧搂在怀；某个特定时段内斜斜的阳光；饼干的味道和类别；地毯的纹理；夜间长时间行车时，父母那遥远而难以理解的抚慰之声，以及一种她有权利生活、有理由期待的潜在的感受。

121.

孩子还教授了成人关于爱的其他方面：真正的爱应该以最大的慷慨之心，不断尝试着随时解读在难以对付和令人讨厌的行为之下，有着怎样的真相。

父母必须猜测哭闹、踢打、悲伤或愤怒的真实目的所在。而令这解读行为脱颖而出的——同时也令它与一般成年人的关系截然不同——是它的宽容。父母倾向于推断孩子本质上是好的——虽然可能会令他们操心或痛苦。一旦戳刺他们、让他们不舒服的钉子被准确地辨认出来，他们就会恢复到原初的纯真。当孩子哭闹时，我们不会指责他们调皮或自扮可怜，我们会想知道他们为何事惊扰；当他们咬人时，我们知道他们一定是害怕或一时心烦。我们对于各种不良影响异常敏感：饥饿会损伤复杂的消化道，而睡眠不足会令人心情不佳。

若能将这种本能哪怕些许用于处理成人的关系——同样，如果我们能透过暴躁与凶残，辨认出总掩身背后的恐惧、困惑和疲惫，这着实是善者仁心。这便是以爱的目光凝视人类的真正含义。

埃丝特的第一个圣诞节是和外祖母一起度过的。在去因弗内斯的火车上，她大半程都在哭闹。等抵达外祖母带阳台的家时，她爹妈已经面色苍白、疲惫不堪。埃丝特体内有不适，可她却无法知道是什么疼、哪儿疼。她的仆从们凭感觉说她太热了。一条毯子被拿开去，一会儿又给她包回来。新主意不断冒出来：可能她渴了；也许太阳晒得她不舒服；或者电视噪音太大；要么他们用的肥皂不对；又或者床单令她过敏。显然，没有任何人会推断她只是任性或乖僻，孩子可是再好不过的。

尽管仆从们忙着又是喂牛奶，又是给她按摩背，扑爽身粉，抚摸她，给她换上不痒的衣领，一会儿扶她坐着，一会儿又躺下，还洗个澡，抱着她上下楼梯来回走，却找不到根本原因。最后，让人忧心的是，可怜的小家伙都吐了。将香蕉糙米糕吐到她崭新的亚麻裙上，那可是她的第一份圣诞礼物，外祖母还在上面绣了“埃丝特”。然后她又立刻睡着了。周遭人们过多的关切，让她彻底被误解了，而这，绝非仅有的一次。

作为父母，对于爱，我们会有另一种领悟：对于依赖我们的人，我们对其施以控制力的多少，会相应地影响到这些任由我们处置的人儿，我们不得不谨慎待之。我们了解到一种并非有意为之、始料未及的伤害力：因为对方的古怪或不可预知、焦虑或瞬间的刺激，而令我们备受惊吓。我们必须自我训练，该应他人之需而非自己第一反应行事。野蛮人须用肉掌轻握水晶高脚杯，否则它将如秋日的枯叶一般被揉碎。

周末的清晨，柯尔斯滕尚在补觉时，拉比照看着埃丝特，他热衷扮演各种动物。起初拉比并未意识到自己的模样有多可怕。他也从未想过自己是一副巨人面孔、眼睛古怪而富有威胁性、声音充满攻击性。四脚伏地的假狮子惊恐地发现，他的小伙伴在尖叫着求助，怎么也不能平静下来，任凭他百般保证老爹已经赶回、可恶的老狮子已经逃走，她还是无视他，只有更温柔、更细心的妈咪（被紧急喊醒，因此对拉比毫不领情）出手才能奏效。

他意识到，在引导她领略这丰富的世界时，自己必须谨小慎微。鬼怪不能被提及，这词汇有着激发恐惧的魔力；恐龙也不适合开玩笑，特别是天黑之后；在首次提到警察、解释不同政党以及天主教徒与穆斯林之间的关系时，他必须注意自己的描述方式……他意识到自己从未见过有人——目睹她勇敢地仰面翻身趴着，亲历她书写第一个单词的场景——像她一样毫无防备；他庄严的职责在于，绝不能提醒她自身的弱点，或利用这些弱点对付她。

虽然天性愤世嫉俗，可如今他却全然只将世界的正面展示给她。因此，政治家们都鞠躬尽瘁，科学家们正奋力攻克疾病；现在是关掉收音机的好时刻。在开车经过一些更破败的街区时，他感觉仿佛是歉疚的官员在带着外国政要参观，那些涂鸦很快会被清除；戴头罩的人们是因为高兴才大喊大叫，这个时节的树很漂亮……陪着这位小乘客，令他为自己的成年同胞们感到羞愧。

至于他自己的本性，也得被净化和简化。在家他就是“爸爸”，不为工作或财务状况焦虑，热爱冰淇淋，是个傻大个儿，最爱拉着他的小姑娘转圈圈，然后让她骑在脖子上。他太爱埃丝特，以至于不敢在她面前丝毫流露自己的焦虑。爱她，就意味着奋力获得勇气，全然摆脱常态的自己。

故而，在埃丝特幼年时，世界呈现着一派稳固安定，日后她会必然感受到这稳固安定的不复存在；而这，实则全仰仗她的双亲对世界不懈而审慎的编辑。惟有尚未领悟生活变换无穷、世事无常的人儿，才幻想其固若金汤、地久天长。譬如，于她而言，纽巴图-泰伦斯的房屋天然便是“家”，具备这词该有的一切永恒关联，它丝毫不只是一座基于预算而遴选的极其普通的屋子。在埃丝特存在于世这件事上，也充满了极度的偶然性。如果柯尔斯滕与拉比人生的打开方式稍有不同，那么如今已然凝结在他们女儿身上的一系列不可磨灭的身体特征和个性特点，便会属于完全不同的另一个人。如果当初其中一人取消晚餐，或已名花有主，又或太害羞而不敢讨要电话号码，彼此的基因便永不可能结合，她便也永无可能降生于世。

埃丝特的房间铺有一张米色的羊毛地毯；她可以在上面连坐几个小时，用纸剪着各种形状的动物，或在晴朗的午后，透过房间窗户看着外面的天空；这地毯因为她最初的爬行练习，会留给她久远的感受；她会终身记住它独特的气味和质地。然而，对她父母而言，它并非注定是这个家庭坚不可摧的图腾：实际上，它是在埃丝特出生前几周才预订的，是从商业街（就在公交站旁边）的一个不太可靠的本地销售员那里匆忙购买的，之后没多久他就停业了。这地球的新生命之所以令人安心，部分源于他们尚不能理解大千万物精细的本性。

备受呵护的孩子，树立着富有挑战的先例。舐犊之爱就其本质而言，会掩藏起付出这份爱背后的努力。它不让爱的接受者体验到施予者的复杂性与悲伤——以及为了这份爱，父母牺牲了自己多少的兴趣、社交和事业。它以无限的慷慨，一度将这小人儿置于宇宙的中心——给他或她以力量，以便有一天他们可以接受现实世界的真实模样和令人无措的忧伤。

这是爱丁堡一个典型的夜晚，当拉比和柯尔斯滕终于安顿好埃丝特，给她围上熨得笔挺的口水巾、穿上舒适的婴儿服，卧室的婴儿监视器一片寂静后，这两位极度耐心有爱的护理人撤退到他们的角落，看看电视，翻翻过期的周日期刊。如果孩子奇迹般地能观察领悟到这些，一定震惊于他们这行为模式的快速转换。拉比和柯尔斯滕一连数小时给予孩子的那些温柔、纵容的言语，被挖苦、报复和吹毛求疵所取代。爱的辛劳已令他们筋疲力尽。他们再无什么可以给予彼此。他们体内那个疲乏的孩子正恼怒于自己已是支离破碎、被忽略多时。

如果成年的我们，初次建立人脉关系时，潜心找寻一类人，他们能给予我们幼年时便已领略的包罗万象的无私之爱，这不足为奇；如果我们最终备感受挫，并极度苦恼于此爱之难求，人们并非了解或在意我们的需求，以致不能适度施以援手，这同样不会出人意料。我们可能因自身需求不为他人本能地感知而恼怒，并予以责怪，可能不时从一段关系移至另一段，也可能谴责某一次性爱肤浅菲薄。直到某天，我们终结自己这有悖现实的追寻，终得成熟达观，并意识到解脱于这种企盼的惟一路径，也许便是不再索求完美之爱，并接受它并非无处不在，继而不再戒心重重地算计回报几率，而开始给予爱。

127.

童　真

埃丝特三岁时，威廉降生了。他天性顽皮而可爱。他父母一直坚信，他刚出娘胎不过数小时，就躺在婴儿床上朝他们眨巴眼睛了。长到四岁时，他就几乎暖化了所有人的心。他提的每一个问题，玩的每一个游戏，以及反复提议要娶姐姐，都令人感觉其甜如蜜。

孩子的童真：若从成人体验的棱镜，也即从诸多的苦难、克己和自律审视，它是善良品质的不成熟部分。

我们将孩子展现的希望、信任、率性、好奇和天真定义为“童真”，这些品质令少不经事的孩子们面临巨大的威胁，又为成人们在平凡生活中所深深向往。孩子的童真提醒着我们，在迈向成熟之路上，我们的牺牲是那么巨大；童真本是人自身重要的品质，却最终不复存在。

128.

拉比工作时，会特别想念他的孩子们。在高度紧张、充满专业要求的工作环境中，但凡想到孩子们的脆弱和他们给予的信任，便令他心酸。一想到离自己办公室不远的一处所在，人们知道彼此关爱，在那儿，一个人的眼泪与迷茫——更别提午餐菜单和睡姿，如此让另一个人牵肠挂肚，这不免令他心碎。

孩子的童真尤其容易辨识，并倍受珍惜，从历史的角度看，就这一点而言，它并非是一种巧合。社会敏感于自身缺失的品质。要求高度自制、犬儒主义和理性的世界极度缺失安全感；竞争令人们充分意识到孩子具备的自我平衡的美德和品质，但它们最终只能断然屈服，以换取进入成人世界的钥匙。

大人们已经见怪不怪的许多事物，却令威廉那么着迷：蚁巢、气球、涂色笔、蜗牛、耳垢、飞机起飞的轰鸣声、洗澡时的潜水游戏……诸多并不复杂、成年人颇觉无趣的事物，却令他兴致盎然；他仿佛一位伟大的艺术家。

譬如，他尤其热爱“蹦床”游戏。蹦床的路线得长，他解释说，最好从楼下的走廊开始，就布置好床，铺上厚厚的枕头和沙发靠垫。当你跑向目标时，关键点是适度高举双臂。爸爸妈妈这样的大人玩蹦床时就略放不开，胳膊会夹在身体两边；或要么便是拳头紧握、搁在胸前，敷衍了事。不论哪种，都令其中乐趣大大打折。

然后，他整日都会提许多重要的问题："为什么会有尘埃？""如果小猩猩被剃光毛，看上去会像人类的宝宝吗？""我什么时候才会不是个孩子？"当你对理应了解的兴趣点毫无清晰概念时，凡事皆可激发强烈的好奇心。

他毫不担心自己会显得反常，因为幸运的是，他的思维中尚无这种范畴。他的情感不作任何设防。眼下，他无惧于丢脸。对于体面、聪颖或刚强这类抑制人的才情性灵的因素，他毫无概念。总体而言，他的童年仿佛一座人性的实验室，那里面就没有类似嘲弄这样的东西。

有时心血来潮，他喜欢穿着妈妈的高跟鞋和胸罩，想要装扮成威廉小姐。他很羡慕他的同学阿君的头发；一天晚上，他激动万分地对柯尔斯滕诉说，自己是多么想摸一摸它。阿君会是一个非常好的丈夫，他补充说。

他的画作也充满童真，部分原因在于其中饱满的乐观主义。画中总是艳阳高照、人们满面微笑。他不会尝试透过表面，去挖掘其下的妥协与逃避。在他父母眼中，如此乐观欢快，自是裨益多多：希望是一项成就，而他们的小儿是擅长此道的冠军。他的画作毫不在意现实的境况，这令他自有其魅力。日后学堂里的艺术课会教习他绘画的规则，引导他细致地关注眼前的事物。然而当下，他毫无必要在意树枝是如何准确地连接着树干，或人的腿或手到底该是何番模样。他愉快地无视着宇宙的真理和多半枯燥的事实。他只关注当前自己的感受和有趣的事物。他令自己的父母认识到，不羁的利己主义，也有积极的一面。

甚至威廉和埃丝特的恐惧也充满童真，因为它们是那么容易被平抚，与真实世界的恐惧毫无关联，他们恐惧的是狼、是怪兽、是疟疾和鲨鱼。孩童的恐惧并非无可指摘，他们只是思维中尚缺失正确的目标。他们尚不知成年后将面对的真实恐惧正静候前方：剥削、欺骗、职业危机、嫉妒、遗弃和死亡。孩童的焦虑是对真实的成人世界的恐惧的下意识担忧。只可惜当他们最终必须直面这些恐惧时，当初的可爱已经不复存在，抚慰和拥抱也不再能派上用场。

埃丝特总会在凌晨两点，抱着多比，来到拉比和柯尔斯滕的卧室，抱怨说做了恐龙的噩梦。她躺在他们之间，两只手分别搭着他们，细细的腿摩挲着他们的腿。她的无助，令他们感受到自己的强大。她需要的抚慰，他们全部能提供。如果它胆敢再来冒犯，他们定会取了这只蠢龙的性命。

他们注视着她再次入睡，她的眼睑微微抖动，下巴压着多比。夫妻俩继续醒一会儿，感触良多，因为他们知道自己的小心肝终究会长大，会离他们而去，承受磨难，遭遇拒绝，体验心碎。她会步入社会，渴求慰藉，但已不再为他们的羽翼所呵护。终有一日，那些真正的龙会现身，而妈咪和爹地，却毫无招架之力。

孩子气并非为孩童所独有。成人——在咆哮之下——也会时而淘气、犯傻、异想天开、脆弱不堪，或歇斯底里、恐惧不已，寻求着安慰和宽恕。

我们善于发现孩童的天真与脆弱，并相应施以援手，给予抚慰。相伴于他们时，我们熟知如何将自身的冲动、仇恨与愤怒置于脑后。我们可以校正自己的预期，让要求低于常规标准；我们释放怒火的节奏更缓慢，而对于未释放的潜能则更敏感；奇怪而可悲的是，我们乐于给予孩童一定程度的仁慈，却不愿将这份仁慈施与同龄人。

生活在善待孩童的世界，必然美好；倘若在成人面具下的孩童，也能获得更多的温情相待，便是更美好了！

132.

爱的局限

在埃丝特与威廉的抚养方式上，拉比和柯尔斯滕首要考虑的——绝对高于其他一切——是仁善祥和。通过身边无处不在的各种案例，他们相信，爱一旦缺失，颓废、怨恨、耻辱、毒瘾、自信心匮乏、无能便会联手，变得牢不可破。在拉比和柯尔斯滕看来，如果后天教养不足，或父母孤僻跋扈、不可信任、令人生畏，孩子的人生绝无可能完整。他们坚持认为，只有体验过被父母无限重视的美好感受，人们方能坚不可摧地应对俗世的重重纷扰。

因而，他们努力温柔而细腻地回答每一个问题，让拥抱无处不在；晚上会读着长长的故事，黎明即起床陪玩；孩子们犯错时，不作深究，淘气时，易于原谅，也允许他们的玩具散落在客厅的地毯上，当晚不作整理。

他俩对于父母之慈的力量深信不疑，这在埃丝特和威廉刚出生时，表现得尤为明显，特别是当孤弱无助的他们在小床上最终入睡、轻轻的呼吸声平稳地传过来、漂亮的手指抓着他们最喜欢的毯子时。

然而，当两个孩子都满了五岁之后，更复杂更烦恼的现实到来了：拉比和柯尔斯滕惊讶地发现，他们必须得仁慈有度了。

二月一个下雨的周末，拉比给威廉买了一架橙色的遥控直升机。这是父子俩几周前在网上看到的，之后它便几乎成了他俩之间惟一的话题。最终，即便没有购买的理由——或生日在即，或有好成绩要奖励，拉比还是让步了。这飞机本该让他们开心好一阵子，可才过六分钟，当玩具飞机在拉比的操控下飞过餐桌时，转向系统出了故障，飞机撞到冰箱上，后桨叶被撞成了碎片。这责任本该全在生产厂商，可遗憾的是，此刻他们并不在厨房，于是，拉比立刻成了孩子发泄极度失望的出气筒——这并不是第一次。

“你干什么了？”威廉大叫道，这一刻，他的天真可爱荡然无存。

“没干什么。”拉比回答说，“飞机只是失控了。”

“不对，是你动了什么。你现在得把它修好。”

“我当然乐意修。可是它结构很复杂，我们得等到周一联络商店。”

“爸爸！”现在已经是尖叫了。

“宝贝，我知道你肯定失望，可是……”

“都怪你！”

紧接着，便是稀里哗啦的眼泪。然后，威廉开始踢这个不称职的飞行员的小腿。他的行为自然是很可怕，也有点令人意外；（爸爸原本是一番好意！）但和其他一些案例一样，它也代表着对父亲拉比有悖常情的敬意，人们与他人相处时，只有感受到相当的安全感，才会如此放肆。极度祥和的背景气氛是孩子发怒的前提。拉比自己幼时与父亲相处，从未淘气而难以对付，可同样，他也从未感受到父亲如此的爱。这些年来，他与柯尔斯滕给予孩子的担当之辞——“我会永远支持你”“你可以把任何感受都告诉我们”——已是收益颇丰：他们助长着威廉和他姐姐把懊恼与失望狂风骤雨一般地发泄给两个挚爱他们的人；对此，他们早有暗示：自己能够并且乐意承担后果。

借由孩子的愤怒，拉比和柯尔斯滕有机会关注到，在岁月长河中，他们的克制力与耐心不知不觉增长了许多。他们温和的性情得益于数十年来形形色色的失望；其间，仿佛峡谷经由流水冲雕一般，他们更富耐心的思维，也得以由许许多多的磨难刻凿而成。当拉比把书写纸弄脏时，他决计不会发火——因为他经历过失业，经历过丧母，经历过其他许多艰难。

对称职的父母而言，一个巨大而异常复杂的要求便是：没完没了地传递坏消息。称职的父母必然需要保护孩子的长远利益，因为天性使然，孩子对此自然全无能力展望，更别说愉快赞同。出于爱，父母必须要求自己规范孩子刷牙、完成家庭作业、整理房间、准时上床、电脑使用有度；出于爱，他们必须扮演惹人厌烦的角色，在欢乐刚刚启幕时，便令人憎恶又恼怒地提出不被待见的话题。所以，不出意外的话，这些隐形的、充满的爱的行为，会令称职的父母最终成为强烈愤恨的不二目标。

不论信息多么逆耳，拉比和柯尔斯滕总是要求自己柔和地表述："再玩五分钟，游戏时间就结束，好吗？""埃丝特公主该洗澡了。""你一定很恼火，但我们不能因为别人不赞同就打人，记住了吗？"

他们希望借力于哄劝，最关键点在于绝不可借由武力将结论强加于孩子，或者利用基本的心理武器，譬如提醒对方，自己更年长、体强、富裕，所以可以控制遥控器或拥有手提电脑。

"因为我是你母亲""因为你父亲这么说"：这种至亲头衔，曾经要求着孩子顺从。仁慈的时代已经改造了它们的内涵，于是如今母亲和父亲只是"帮我把它变得更好的人"或"我有可能听取其建议的人——如果我认为其言之在理"。

136.

不幸的是，对于有些状况，哄劝却毫无作用——譬如，当埃丝特开始取笑威廉的身体时，母亲温和的提醒便被充耳不闻。他的小弟弟是一根“丑陋的香肠”，埃丝特总在家里这么大喊；后来，更过分的是，她在学校跟一帮女同学也这么嘀咕。

父母尽力委婉地解释，她的嘲弄是一种羞辱，可能会令他长大后与女性交往有障碍。但这番言辞在他姐姐看来，必然怪异荒唐。她回复说，是他们不了解实情，威廉的双腿之间真有一截丑陋的香肠，所以大家才在学校取笑他。

对九岁的孩子而言，尚不能领悟父母（在事后，还带着笑容）警告的本质，这不是她的过错。然而，当埃丝特被严厉要求收手时，她却指责他们干涉她的生活，并在小纸片上写着快乐破坏者，然后把它们当面包屑一样，撒在屋子四处，这着实令人头疼。

争论，最终引爆了拉比与这个恼怒的小人之间的吼叫大赛，这小人也只是因为脑袋里尚缺失某种特别的神经联结，从而无法领会此事的利害关系。

“因为我要求你这样，”拉比说，“因为你才九岁，我比你大得多，懂得比你多——我不会整天站在这里和你争论这件事。”

“这太不公平了！所以我就要大喊大叫。”埃丝特威胁说。

“不准再这样，小姐。你上楼去自己房间待着，等准备好了再下来一起吃晚饭，举止文明点，让我看到你斯文有礼。”

拉比一向都天然规避任何冲突，他能对无比疼爱的人讲出这番毫无怜惜的话，倒确实罕见。

父母意在节约孩子的时间，意在传递需要艰巨而漫长的经验积累方可获得的见解。然而，人类的进步总被一种对于现成结论的先天性对抗所阻挠。我们天生乐于重新探索人类已经历的所有荒唐、愚蠢，这令我们裹足不前，将生命太多地浪费在发掘已被他人苦心记述的广泛事实之上。

对于养儿法则，浪漫主义素来秉持怀疑立场，将它们视作一面虚假伪善的旗帜，毫无必要地施加于孩子可爱善良的本性。然而，在与鲜活的幼小生命更亲密接触之后，我们则可能渐渐改变想法，认识到礼貌确实是一道铜墙铁壁，阻止着事物迈向野蛮的、永恒的危险。礼貌并非必然是冷酷而残暴的手段，它只是一种教育方式，让人们将自己的点滴兽性封锁在内心，这样晚餐便不必陷入混乱局面。

有时，拉比会纳闷，为人父母这艰巨的重任，最终会有怎样的归宿——接孩子放学、陪他们说话、哄劝他们、与他们讲道理，所有这些时间，意义何在？起初，他天真而自私地希望，这是他和柯尔斯滕在提升自己。一段时间之后，他才意识到，自己实际是帮助两个生命安身立命，这是天然的使命，挑战重重；他们会令他频繁遭遇挫折，一再困惑，他的兴趣点也已远超自己的想象，被迫不断拓展到陌生的领域——偶尔也有美好的体验：滑冰、电视情景喜剧、粉色礼服、太空探索以及哈茨球队[1]在苏格兰足球联赛中的排名。

孩子们的学校位于家附近的一栋小巧舒适的建筑里；远远看着那些父母把他们的宝贝们放下车时，拉比不禁思索着，对于一代人安放于另一代人窄窄肩头的期许，生活给予的回报从来都不慷慨丰厚；即便一首关于渡鸦的优美的诗朗诵便可赢得一颗金星、一阵掌声，但光辉的命运却无法轻易获赠；陷阱太多，太易诱人入坑。

有时，当掀去“父亲”那层情感的保护纱，拉比会意识到，自己黄金时代的极大部分时光都贡献给了这两个生命。若抛却这骨肉亲情，在他眼中，他们多半也只是极庸常之人，稀疏平凡到三十年后，在某个酒吧偶遇时，他甚至不屑与他们对话。这一番领悟，令人不堪承受！

1　中洛锡安哈茨足球俱乐部，简称哈茨，是一家苏格兰足球俱乐部，苏格兰足球超级联赛球队之一，为爱丁堡市两支苏超俱乐部之一（另一支为希伯尼安）。

139.

不论父母面对陌生人时如何谦逊克制、淡化野心，但在养育孩子上——至少新生伊始——却是剑指完美，意在创造卓尔不群的典范，而非凡夫俗子。尽管统计学已有答案，但庸才从来不是初始的培育目标；为了养儿成人，父母的牺牲实在巨大。

这是一个周六的下午，威廉和一个朋友在户外踢球，埃丝特在家里组装一块电路板，那是她几个月前得到的一份生日礼物。她让拉比在一边做帮手。这会儿，他们正依照安装手册，把灯泡和小马达接上线，当整个系统搭建好，他们欢欣不已。拉比想跟女儿说，她未来会成为了不起的电子工程师。他执着地幻想女儿长大成人后，该务实时会脚踏实地，该敏感时会激情洋溢（这是他最中意的女性的范本）。埃丝特喜欢受人关注。她渴望着有一些难得的时刻：威廉不在身边，她是爸爸的焦点。他叫她小闺蜜；她坐在他膝盖上，如果那天他没剃须，她会抱怨说他的皮肤感觉很奇怪很粗糙。他会把她头发捋到脑后，不停吻她额头。柯尔斯滕会在屋子那头端详着他们。埃丝特四岁的时候，有一次她非常严肃地对父母说："我希望妈妈死掉，这样我就可以嫁给爸爸了。"柯尔斯滕理解她。她自己或许也期待有一个和蔼可靠的父亲，能依偎搂抱，一起搭建电路，外人不得打扰。她知道在一个不足十岁的孩子眼中，拉比是一个魅力十足的人儿。他乐于坐在地板上，陪埃丝特玩洋娃娃，他带她去攀岩，给她买裙子，陪她骑自行车，跟她讲述那些建造过苏格兰隧道和大桥的杰出工程师们的故事。

然而，这种父女关系也让柯尔斯滕对女儿的未来略有一点担忧，她不知其他男人该如何才有如此标准的温柔和聚焦——是否单凭他们没有给予她曾与父亲共享过的那种亲密关系，小闺女便会将一众候选人拒之门外。然而，令柯尔斯滕尤为不快的是拉比的情感表现，她当然明白，他展现给女儿的慈爱，是来自“父亲”而非“丈夫”的角色。她很多次体验到，一旦孩子不在面前，他俩独处的时候，他的语气就会剧变。他在不知不觉间给埃丝特植入一种印象：男人可以如此完美地对待女人——尽管真实的拉比丝毫不能折射这种完美。于是日后，埃丝特也许便会质问一个自私严厉、心不在焉的男人，为何达不到她父亲的境界，她并不知情的是，他与拉比——她当年未曾见证过的版本，实际毫无二致。

在如此情形之下，有所裨益的倒也许是爱而有度。双亲（天下父母）纵使全力，仍不免频繁惹得孩子大怒，而在众多保持距离的方式中，彻然的冷酷、恐怖和残忍只是最基础的手段。另一个尤为有效的策略则包括过于保护、过分参与和过度亲昵，它们是神经质行为的三重奏，拉比和柯尔斯滕对此再熟悉不过。在贝鲁特长大的拉比总操心埃丝特和威廉过马路时的安全，他追求的亲密无间，可能已到令人烦恼的程度：频繁探问他们一天过得怎样；认为他们实际更体弱，总想他们多添衣物——埃丝特不止一次怒斥他“别管我”，也并非毫无道理。

同样，拥有柯尔斯滕这样的母亲，也并不轻松。它意味着他们需要做许多额外的拼写测试，被督促学习好几种乐器，还总被唠叨要吃健康的食物。考虑到当年的中学班级里，只有她上了大学，如今是极少数不靠救济金生活的人之一，她的这一系列举措便毫不为奇了。

有时候，拉比也怜悯孩子们不得不与父母周旋。他理解他们的抱怨，理解他们的愤恨：父母手握操控大权，阅历丰富于他们三十余年，且每日清晨在厨房唠叨不停。他自身要应付的烦心事已够多，所以对于偶有麻烦的孩子们，无法给予太多同情。他同样知道，他们的恼怒也自有其重要作用：它确保终有一天，他们会离家而去。

如果父母一味仁善无边，人类便会迟滞不前，坐等油尽灯枯。物种的延绵取决于子嗣再不堪忍受父辈，转投滚滚红尘，希冀探寻更可人意的爱与活力。

舒适惬意时，一家人会挤在那张大床上，氛围宽容，心情大好；拉比明白，基于最为天然的方式——青春期的愤怒——催生的自然法则，就在不远的将来，这一切将成落幕往事。家族的世代传承取决于长者耗尽年轻一代的耐心。如果再历时半个世纪，他们四人依然愿意四肢缠绕，瘫躺在这里，那就该是一场悲剧。为了获得抽身离家的动力，埃丝特和威廉最终必须开始感受到他与柯尔斯滕的荒诞、无聊、老套。

最近，他们的女儿已扛起大旗，抵制父母制定的规则。她刚刚进入青春期，开始反感父亲的着装、口音和他烧菜的口味；对于母亲要求读好的文学作品，回以白眼；认为母亲习惯把柠檬切成两半储存在冰箱，而不是随手把未用完的丢弃，着实可笑。埃丝特个头渐高，身体渐壮，对于父母的行为和习惯也开始渐怒。威廉还年幼，尚不会对父母眼神刻薄。如此看来，大自然对于孩童算得上是心慈手软，只有年长到可以逃离父母时，才令他们开始敏感于先辈的种种缺憾。

为了让这种分离顺其自然，拉比和柯尔斯滕知道自己不能太严厉、过于冷漠或令人生畏。他们明白，琢磨不透、面目可怕或陪伴孩子过少的父母非常容易让孩子感到不安，这类父母比积极响应、性情稳定的家长更能把孩子牢牢地拴在身边。拉比和柯尔斯滕并不想成为以自我为中心、情绪易变的那类人，从而令孩子终身都无法摆脱困扰。他们努力保持自然可亲，有时甚至显得格外憨傻，他们希望自己具备足够的亲和力，使埃丝特和威廉届时可以利索地把他们放在一边，开始自己的人生。他们暗暗认为，他们的爱被孩子们认为是理所当然，可能是对他们爱的品质最好的赞歌。

144.

性爱和父母身份

“我们今晚做吧，怎么样？”在下楼去给孩子们准备早餐前，柯尔斯滕一边化妆一边说。

“听你的，”拉比微笑着说，又补了一句，“我会把它记在日记本上的。”他不是开玩笑。他们都喜欢周五夜晚的性爱，已经有段时间了。

上班的路上，他想起柯尔斯滕出浴时那一头湿漉漉的棕发，妩媚地映衬着她白皙的皮肤。这样一位雅致又坚毅的苏格兰女人愿意与他携手一生，他不由一阵感恩自己的好运。

这是相当紧张忙碌的一天，直到七点钟，拉比才回到家。此刻他对柯尔斯滕已是激情荡漾，可他必须委婉收敛些。这事不能急，也绝不能发号施令。他打算对她坦诚相告，在日复一日的忙乱之外，自己的心思都落在何处。这计划尚无清晰的思路，但他满怀信心。

145.

一家人都在厨房内，一场有关水果的激烈讨论正上演着。尽管柯尔斯滕特意买了蓝莓，还把它们摆盘成一张笑脸，两个孩子却执意不吃任何水果。威廉指责他母亲很刻薄，埃丝特则哭闹说，水果的气味让她难受。

拉比试着开玩笑说自己错失了良机，没能看到一场疯人院的好戏。然后他摸摸威廉的头发，提议说该上楼去听故事了。晚上拉比和柯尔斯滕会轮流给他们读故事，今天轮到柯尔斯滕。在他们的卧室里，他们紧紧依偎着她，一边一个，然后她开始读一个从德语翻译过来的故事，故事讲的是一只兔子在森林里遭遇猎人的追杀。看着他们围拢在她身边，拉比想起自己当年和母亲在一起的情景。和拉比当初一样，威廉也喜欢玩弄柯尔斯滕的头发，把它都拨到前面。故事讲完了，他们还想听更多，于是她唱起一首古老的苏格兰摇篮曲《亲爱的格里格》，它讲述着一位年轻寡妇的悲伤的故事：她的丈夫被投入了大牢，她目睹他被她的族人处死。他坐在楼梯上，听着柯尔斯滕的歌声，颇为动容。他很荣幸自己能见证妻子成长为非常称职的母亲。此时此刻，她最渴望的应该是一杯啤酒。

拉比上床躺下来。半小时后，他听到柯尔斯滕走进浴室。再出来时，她换上了一身格子睡衣，这套睡衣她十五岁时就有了；孩子们很小的时候，她经常穿着它。当她说起下午和一个在美国的朋友通过电话——这朋友是她在阿伯丁读书时认识的，他开始盘算着自己该如何开局。那个不幸的女人的母亲被查出患有食道癌，这简直是晴天霹雳。他觉得柯尔斯滕对待朋友真是有情有义——这不是他第一次体会到，她本能而又深切地迎合着他人对她的需要。

接着，柯尔斯滕提及自己在考虑着孩子们的大学教育，虽然还早得很，但确实很重要。眼下得开始攒些钱了，不用很多——他们手头上本来也紧张——但最终会积累一笔钱派用场。

拉比清了清嗓子，内心某个地方开始变得有点绝望了。

我们可能以为，与人亲密接触的恐惧与不安全感，只会一度存在于恋爱初期；当彼此作出明确承诺之后，譬如结婚、联合抵押贷款、购房、生养子女，以及将彼此作为遗嘱受益人，这种种焦虑便可能不复存在。

然而，距离感的消除与被需要感的获得，却并非一朝成就，便是永久。一旦遭遇间断，它们便不得不重复轮回——分开一天、繁忙期间、加夜班——每一段插曲都有力量一次又一次催生出同一个问题：我们是否依然被需要。

因此，遗憾的是，着实不易找到无损颜面的制胜之法，令我们可以正视自己对于安全感的强烈渴求。甚至相守多年后，我们依然惧于求证这种渴求。但更为可怕而复杂的是，我们认定这种焦虑感的存在并不合理。于是，我们便假意扮作毫不在意这份安全感。更奇葩的是，我们可能甚至去发展一段婚外韵事；这种背叛行为是最为常见的颜面挽回之法，容我们假装对某人并无需求，借此良苦用心，以佐证我们——惧于袒露渴求，且在不经意间，心已有所伤——对真正在意的人无声表达的那份漠然。

我们从来都达不到被接纳的种种要求。这并非是一个仅限于无能与脆弱的诅咒。安全感的缺乏，甚至可能是健康的一个特殊标志。这意味着我们并不允许自己将他人的接纳视作理所当然，也意味着我们清醒地看到，事物可能变糟，我们该予以关注。

时间已经很晚了。明天一早孩子们还要练习游泳。等柯尔斯滕说完对埃丝特和威廉未来学校的设想后，拉比伸手过去，握着她的手。她一时未作回应，任由他握着，然后她捏一下他的手，他们开始接吻。他分开她的大腿，丌始抚摸。他一边如此进展，同时目光滑落到床头柜上；柯尔斯滕将威廉送给她的一张卡片放在那儿，卡片上写着：妈咪生曰[1]快乐，旁边还画了一个慈眉善目

1 原文中威廉写的 Happy Bithrdey 有拼写错误，应该为 Happy Birthday，这里故意用错别字，以作对应。

的太阳公公的笑脸。他想起威廉那张顽皮的脸，还莫名地想起柯尔斯滕把他扛在肩上，绕着厨房打圈圈，那就在上周，他放学后打扮成巫师时。

拉比一方面很想继续挑逗妻子，他早就盼着这一刻；可另一方面并不十分确信自己当下正有心情，具体原因他又难以断定。

有一个众所周知的论点如是说：人们成年后的迷恋对象，与儿时最为挚爱的人有着惊人的相似度。它可以是某种特定的幽默感或一种神色、一种气质或一种性情。

然而，有一件事是我们只渴望着与成年的爱人共同去体验的，而与幼时那些可靠的照料者们毫无牵扯；我们寻找性关系的特定对象，扼要地提示着我们强烈排斥与哪一类人肉体接触；因此，成功的性爱有赖于阻断浪漫的伴侣与暗合的父母原型之间过于生动的关联。我们需要确保这一时半刻的性的感受，不会煞风景地与父母至亲搅和在一起。

然而，孩子出生之后，他们或父或母地称呼着我们的配偶，指向性非常明确，事情便更复杂了。我们自然明白，配偶并不是与我们存在性禁忌的父母；他们从来都有自己的身份，在认识之初，曾与我们有过不少快乐荒唐事。然而，纯洁而欢快的称谓——“妈妈”或“爸爸”（甚至我们自己偶尔也会这样误称他们）永久地彰显着养育者的身份，令人们的性自我变得更加模糊，从而让性爱承受更大的压力。

妻子乳房的形状，曾一度令拉比格外关注。他记得初次见面时，自己曾偷瞄过她黑色的胸罩。后来又透过她的白T恤揣摩着，感受到它们大小正好适中；接着在植物园里初吻时，他又极为轻柔地抚掠过它们；最后，在她那间旧旧的厨房内，他用舌头在它们上面打圈。在相识之初，他对它们始终痴迷不已。做爱时，他要她戴着胸罩，轮番推上去，又拉下来，借此最大限度地对照它们在她着罩和卸罩时的不同。他让她托起它们，然后仿佛他不在场似的自摸着。他想把自己的老二放在它们之间，仿佛只用手并不济事，他需要更明确地彰显这种占有和可能性，标记这曾经的禁区。

然而，数年后的今天，夫妻俩并排躺在床上，就彼此间的性吸引而言，他们与 对对在波罗的海裸体海滩上晒太阳的皮糙肉松的祖父母们，已是一般模样。

归根结底，性兴奋似乎与裸体并无密切关联；它的能量源自获允占有一个极合乎心意的人儿；这人儿一度属禁区，如今却奇迹般地可获得、可接近。性兴奋是表达充满感激的惊叹不已，近乎是怀疑：在这孤独而冷漠的世界，那人儿的手腕、大腿、耳垂和颈背最终呈现在那里，容我们去欣赏。性兴奋是一个绝妙的理念：我们渴望不断去欣赏，也许每隔数小时，便再次快乐地抚摸、进入、绽露、解带宽衣；我们那般孤独着，心爱的人儿似乎又曾经那般独立而遥远。性欲催生于一个建立亲密关系的心愿，因此，它取决于预先存在的距离感，它意欲企及一种永恒而独特的快乐与宽慰。

拉比与柯尔斯滕之间，几近再无距离。就法律地位而言，他们互为生活伴侣；他们共享一个四米乘三米的卧室，每晚都会在其间休憩；分开时，他们会始终保持电话联络；每个周末，他们都顺理成章地认定要互相陪伴；不论白天，还是夜晚，他们对彼此的行踪多半都一清二楚。在他们形影不离的生活中，再无多少独特的“其他”可言——因此，情欲便也就不易被唤醒。

常常在一天终结时，柯尔斯滕甚至都不愿被拉比碰一下，这并非因为她不再在乎他，而是她觉得已无足够的心力，向另一个人交付更多。只有具备一定的自主性，被人宽衣解带才能成为一件乐事。然而，白天里她已经作答太多问题，解决太多难事，恳求劝诱了太多次……拉比的触摸仿佛是又一道障碍，阻挡着她与自己被忽略的内心之间拖延已久的一场交流。她想静静紧贴自己，而不让更多要求驱散自我。任何挑逗都可能摧毁包裹着她私密自我的那层薄如蝉翼的壳。若尚无足够机会重新认识自己的想法，便将自身交付于他人，这于她，则毫无快乐可言。

此外，若求欢对象是自己深深依赖的人，可能会令气氛更尴尬，令我们颜面有损。在紧张讨论财务计划、上下学接送问题、休假安排和椅子采购款式的大背景下，却让伴侣宽容应对我们的性需求——身着某套特定衣装，参与我们渴望感受的黑暗场景，或摆出特别的床榻躺姿，这种亲密已属过头。我们也许不甘扮演请求者，或因恋鞋癖消耗宝贵的情感资本；我们可能不愿寄予性幻想，以免在对方眼中显得滑稽或堕落——根据婚姻生活的对峙原则与日常约定，我们本该维系的是风度与权威。我们也许会发现，换作完全陌生者，反而安全许多。

上周的一个午后，家中只有柯尔斯滕，她在楼上的卧室里，看一档位于东北部金洛赫伯维[1]的北海捕鱼船队的电视节目。节目介绍了渔民，展现了他们新的声呐技术，还了解到各种鱼类数量正令人担忧地减少。不过，至少周围一带鲱鱼还挺多，今年的鳕鱼供应也不算糟。有一个叫克莱德的渔民是罗赫-达旺号渔船的

1 位于苏格兰的萨瑟兰郡，是一个海港村。

船长。每周他都会出船去公海，经常冒险抵达冰岛或格陵兰岛的最远一端。他态度粗野傲慢，下颌棱角锋利，眼神透着怒气与厌烦。孩子们至少一小时后才会从朋友家回来，可柯尔斯滕却起身，紧紧关上房门，然后褪去裤子，躺回到床上。

此刻，她已登上罗赫-达旺号渔船，获得一间紧挨栈桥的小船舱。狂风之下，渔船仿佛玩具小船一般晃荡，可在咆哮声之上，她依然辨识出舱门上的叩击声。那是克莱德；必定是桥上发生了紧急状况。可结果却是另一番模样。他撕开她的防水服，把她顶在墙上，彼此没有一句言语。他的胡须茬儿刺得她皮肤生疼。他毫无知识修养、极度粗野、几乎没有言语能力，对她而言，毫无价值——就如她对于他一样。细思这性爱，它粗鲁、急迫、毫无意义，然而，相较于和深深在乎的人暗夜欢合，却也更令人心神荡漾。

在自慰的性幻想中，爱人已经让位于随机的陌生者，这在浪漫主义的意识形态里，本无逻辑可言。然而在实践中，这恰恰意味着，已客观割裂的爱与性也许有待纠正，亲密关系生成的负担也许有待舒缓。这种让位绕越了愤恨和敏感情绪，再无须考虑另一方的需求。我们可以随心所欲地独具一格，仅聚焦自我，而不必担忧被评判或承担后果。所有感受都停留在美妙的港湾。毫不期待被理解，也就没有被误解，于是痛苦或沮丧便就不会滋生。终于，我们可以将生活的疲惫与拖累，剔除床笫外，沉醉欲念间。

与生活其余部分割裂开来的性爱更安全，这并非只是柯尔斯滕的发现。

拉比定期也会与她同出一辙。今晚，他核实着妻子入睡深浅，小声叫唤她，希望她不作回应。接着，确认一切安全后，他踮着脚尖走出卧室，一边想象着自己也许有做杀手的潜质；他径直下楼，经过孩子们的卧室（他看到儿子怀抱着最心爱的杰弗里，一只玩具熊），走进厨房边的一个小房间，进入最爱的那个网络聊天室。此时，已是午夜深沉。

此时，事态的进展，比起与妻子做爱要容易太多。你无须顾虑对方是否心念一致；既然只是来自虚拟网络，你便只要点击名字，当它们是游戏。

在如此氛围中，他也无须挂念日常生活。他不再做自己，明日接送孩子、会议发言，或要筹备招待几个律师、一位幼儿园老师及他妻子的那场晚餐聚会，都再无关。

他不必温柔体贴，或关照他人。他甚至都无须恪守自身性别。他可以尝试变身为格拉斯哥的女同性恋，害羞却又让人极度放心，试探性地迈出第一步，走向性觉醒。

事毕，他可以关机，转身做回太多的人——孩子们、妻子和同事们——期待的那个自己。

从一个角度看，人们只能编织幻想，却并不试图努力营造一种生活，容幻想在其间演变成现实，这似乎引人悲悯。然而，幻想却通常是人们塑造自己庞杂而矛盾的愿望的最好方式；它们应允我们栖身于一种现实，而无损于另一种。幻想会令我们在意的人免于遭受我们重重欲念中的责任心的全然缺失和可怕的陌生感。它自有其独特之处，是成就，是文明的象征，是善举。

拖网渔船与网络聊天室内的虚拟现实，并非意味着拉比和柯尔斯滕已不再相爱。它们所传递的是，他们在彼此的生活中渗透太深，以至于肉体欢合时的心灵自由再无法摒弃自我意识或抑制责任感。

155.

熨衣物的威信

他们是很现代的夫妻，因此，家务事的分担安排得很复杂。拉比一周上五天班，但周五下午会早早下班，照看孩子，周六早上和周日下午孩子也归他管。柯尔斯滕周一、周二和周三上班到下午两点，周六下午和周日上午料理孩子。他周五负责给孩子们洗澡，一周准备四顿晚餐；她负担采购食品和居家用品，他则包下清理垃圾、清洗汽车、照料花园的活儿。

那是个周四的晚上，七点刚过。拉比从早上开始，开过四个会，与违约的瓷砖供应商交涉，还对退税误会做了相关澄清（他希望有如此效果），并设法请新 CFO 参加一个对第三季度有重大意义（或者也可能是麻烦）的客户会议。他需要搭乘通勤巴士上下班，在拥挤的过道里，单程站上半小时；这会儿，他正冒着雨从车站往家走。他琢磨着最终到家的美好感受：给自己倒杯酒，给孩子们读一章《五位名人》[1]，跟他们亲吻道晚安，然后坐下来吃晚饭，和他最情投意合的支持者、朋友和配偶来点有营养的对话。他已经筋疲力尽，几乎要（合乎情理地）自惜自怜了。

柯尔斯滕则一整天都在家。开车送孩子们上学后（一个文具盒还引发了车内一场激烈打斗），她收拾早餐残局，整理床铺，接了三个工作电话（看来她的同事们总记不住她周四周五不上班），清洁两个浴室，用吸尘器打扫屋子，还把每个人的夏衣都理出来；她安排水管工来查看了水龙头，把干洗的衣物取回来，又把一把椅子送去换椅面，还给威廉预约了牙科检查；接孩子们回家后，她给他们准备（健康）快餐，安顿他们吃好，哄他们完成家庭作业，然后烧好晚餐，洗个澡，再把客厅地板上的一些墨水污渍清理干净。这会儿，她正琢磨着拉比最终回家、接管这一切之后的美好感受，她可以给自己倒杯酒，给孩子们读一章《五位名人》，跟他们亲吻道晚安，然后坐下来吃饭，和自己最情投意合的支持者、朋友和配偶来点有营养的对话。她已经是筋疲力尽、要（合乎情理地）自惜自怜了。

当他们最终躺到床上夜读时，柯尔斯滕本不想制造不快，但又有几件事压在她的心头。

---

1 英国著名儿童文学作家伊妮德·布莱顿的代表作，里面有五位主人公：四个孩子和一条狗。

“明天你能记着把被褥熨一下吗？”她头也没抬地问。

他的心揪起来。他在努力控制自己。“明天是周五，”他挑明说，“我还以为周五是你负责这事呢。”

这会儿，她抬起了头，目光冰冷。“知道了，知道了，”她说，“我的工作就是干家务。没关系。抱歉我刚对你开了口。”她又回头看书了。

这种言语带刺的冲突，比开门见山的愤怒更令人费神。

他不禁心想：三分之二的家庭收入是我赚的，视乎算法，甚至可能更多，但貌似其他一切事务，我也超出了自己该承担的份额。可怎么感觉我工作仿佛只是为了我自己。我压力重重，状态糟透了；她不能指望我在这一切之外，还要来操心羽绒被。我做了我该做的：上周末我带孩子们去游泳了；刚刚我还安装了洗碗机。我内心渴望着能有人来呵护。我真要气炸了。

而她不禁心想：人人都以为我在家的这两天只有“休闲”，我很走运。可如果没有我在后面操持，这个家连五分钟都撑不下去。一切事都是我的责任。我渴望能缓口气，可每当我提出有些家务想有人替个手，他就要让我感觉自己处事不公。所以最终，还是闭嘴更容易点。照明灯好像又有问题了，明天我得催催电工。我内心渴望着能有人来呵护一下。我真要气炸了。

158.

对现代人而言，婚姻生活的一切事务皆需彰显平等；这则意味着，其苦难部分也该秉持这一原则。但校准悲伤以保证剂量平等，却并不容易；苦难是主观感受，双方都不免强势地一心认定，自己的状态实际更为潦倒——对此，伴侣似乎并不愿意认可，或予以弥补。惟有具备超人的智慧，我们才不会安抚对方说，自己的生活要更为艰辛。

柯尔斯滕每周上足了班、赚足了钱，所以并不乐意仅因为拉比工资略高，便感激涕零。同时，拉比包揽了足够多的家务，很多晚上都是自己一个人忙活，所以他并不乐意仅因为柯尔斯滕照料孩子更多，便感恩戴德。两人都大量参与了对方的主要任务，所以彼此都毫无意愿表达真诚的感恩。

现代父母所面临的困境，可以部分归咎于对威信的认可。夫妻们不只困扰于无时不在的现实要求，他们往往也认定这些要求是羞辱，老套而毫无意义，因而并不乐意仅仅为了忍受对方，而表达怜悯，或给予赞誉。诸如接送孩子上下学或洗衣服，听来与“威信”一词毫不沾边，因为人们已被灌输不厚道的思想，认为这种能力本就无处不有，既在高层政治里或科学研究中，也在电影里或时尚中；但回归其本质，威信是指生活中最高贵而重要的一切。

我们似乎并不认同，人类的荣光不仅来自卫星发射、公司创建和超薄半导体生产，也存在于微小的能耐中，且无处不在：用勺把酸奶舀进小嘴、找到丢失的袜子、清洗马桶、应对坏脾气、擦去桌上的凝结污渍。如此种种，其实也要经历各种挑战，也自有一定的魅力，不该谴责或讽刺挖苦，而该以更多的同情和宽容认可它们。

拉比和柯尔斯滕之所以痛苦，某种程度上也在于，他们几乎无法看到自己的付出能从日常事务中获得善意的认可，相反，它意欲轻视他们的种种烦恼，并从中取乐。辅导焦躁恼怒的孩子学外语也好，时刻操心他们穿衣戴帽也罢，或者将五居室的家收拾得井井有条、控制绝望的情绪、协助规模不大却状况复杂的供职公司支撑下去，都不会让他们认为自己英勇可嘉。他们永不可能声名显赫，或日进万金；他们将悄无声息地辞世，不会赢得社会的任何荣誉，然而，人类文明的井然有序与传承却仰仗他们默默无闻、毫不张扬的付出，这些付出微小却又至关重要。

如果拉比与柯尔斯滕能将自己视作小说的角色去解读，他们或许——若作者有些许天赋——会迸发怜悯之情，体恤彼此苦不堪言的境况，从而在夜间、孩子们入睡后，聊起熨烫衣物这种显然扫兴却又着实重要的话题时，可能学着化解激发的一些紧张气氛。

婚外情

163.

花　心

拉比受邀前往柏林，参加一个有关城市重建的会议，并就“公共空间”作主题演讲。他在伦敦转了机，然后翻阅着一系列介绍德国的杂志。高空下的普鲁士广袤平整，覆盖着一层十一月的薄雪。

活动举办地在城市东面的一个会议中心，毗邻一家酒店。他的房间位于二十楼，可以俯瞰一条运河和一排排配额地[1]，房内一片素白。夜幕早早降临之后，他可以看到一家发电站和一排排朝着波兰方向延伸出去的塔。

在宴会厅的欢迎酒会上，他没发现任何熟人，便装作在等同事。一回到房间，他便给家里打电话。孩子们刚刚洗好澡。“我喜欢你不在家，”埃丝特说，“妈咪让我们看电影，还吃披萨。”拉比看着一架单引擎飞机在酒店停车场那头冰冻的田野上空盘旋。埃丝特说话时，他可以听到威廉在唱歌，他显然不想搭理把自己丢在家里的坏老爹。通过电话，他们的声音显得更稚嫩，孩子们如果知道他很想念他们，肯定会觉得怪怪的。

他边吃总会三明治[2]，边看一档电视新闻；节目报道着一系列灾祸，感觉都千篇一律，枯燥无味。

次日黎明时分，他在浴室的镜子前演练了自己的发言。正式演讲是十一点，在大礼堂。他激情洋溢地阐述自己的观点，以及对主题的深刻认识。他毕生的事业便是倡导精心设计的共享空间的好处，可以将一个社区凝聚在一起。演讲完毕，很多人走上前来祝贺他。午饭时，他和来自世界各地的代表共坐一席。他很久没有体验过这种五湖四海的氛围了。人们正在聊对美国不太友善的话题。一个在卡塔尔工作的巴基斯坦人谴责着美国的区划法[3]对道路弯道建设的影响；一个荷兰人宣称这个国家的精英对于公共利益毫不关心；一位芬兰的代表将其公民对化石燃料的依赖，比作吸食者与鸦片的关系。

在餐桌尽头，一个女人侧着头，露出无奈的苦笑。

---

1 租借或分配给个人经营的小块园地。

2 含有三个以上带馅的面包片或面包的三明治。

3 美国区划法是地方政府控制土地使用的地方法规和进行规划管理的技术手段。区划法的出发点是保障公众的健康、安全和福利，但由于其体制性缺陷，在实施过程中对弱势群体的漠视已逐步引起美国社会各界的不满。

“我知道身处异域时，最好不要为自己的国家辩护，”她最终插话说，“当然，我和你们一样，对美国很失望，但我仍然深深忠诚于它——就好比我有个酒鬼加疯子的阿姨，如果听到陌生人在背后说她坏话，我依然会维护她一样。”

劳伦住在洛杉矶，就职于加州大学洛杉矶分校；她在做圣贝纳迪诺流域移民影响的研究。三十一岁的她留着棕色的齐肩短发，灰绿色的眼睛。拉比尽量避免直视她。她的美，是那种扰乱他当下心绪的美。

复会还在一个小时之后，于是他决定出去，到一个花园模样的地方散散步。他返程的航班定在明日一大早，他的办公桌上正有一个新项目在等着他回爱丁堡。劳伦那身裁剪讲究的黑色礼服并不招摇，可他却记住了它点点滴滴的细节。他回忆起她的左臂上戴着一圈圈手镯；手镯下面靠近手腕内侧的地方，还可以看到一个文身——不经意间，它令人感伤地提示着横亘在他们之间的时代鸿沟。

下午晚些时候，在通往电梯的走廊里，他正翻阅一些小册子时，她走了过来。他尴尬地笑笑，惆怅于自己永无机会了解她，她更深刻的身份（挂在她肩上的紫色帆布包所代表的）将永远成谜，他与她这一生都不会有交集。可她却说自己饿了，邀他到一楼商务中心旁边一个全木装修的酒吧喝茶。她补充说，她早饭就在那儿吃的。他们在壁炉旁边的一个长皮椅上坐下来。劳伦身后有一盆白色的兰花。他问了许多问题，一点一滴了解着她：她在威尼斯海滩[1]有套公寓，前一份工作在亚利桑那的一所大学，她的家在阿尔伯克基；她很喜欢大卫·林奇的电影，会参加社区组织；她信仰犹太教，所以对德国官员极度恐惧，一并也害怕那个拘谨的粗脖子酒保，他的形象很具喜感，她给他取个外号叫艾希曼[2]；拉比的注意力摇曳在她的所言与所指之间。她是独一无二的，隶属他过去十三年里曾经仰慕却刻意不予关注的那种人。

她扫视一下那个酒保，笑眯了眼。

“我的侯爵先生，你永远没法把醋变成果酱！”[3]她屏声息气地唱，拉比则是屏声息气地听，折服于她的魅力。他仿佛又重回到十五岁，而她就是艾丽斯·索尔。

她告诉他说，她是前一天飞到法兰克福，然后乘火车来这儿的；她觉得欧洲的火车是让人思考问题的绝佳场所。拉比意识到，这会儿该是孩子们洗澡的时间了。他只须将手向左挪移十厘米，他的生活便会覆地翻天。

---

1 洛杉矶三大知名海滩之一，是最具多元化色彩和现代风貌的海滩胜地。

2 纳粹德国高官阿道夫·艾希曼，是在犹太人大屠杀中执行“最终方案”的主要负责者，被称为“死刑执行者”。

3 小约翰·施特劳斯的轻歌剧《蝙蝠》中的一个唱段《侯爵请听》。

“说说你吧。”她督促他说。好吧，他在伦敦读的书，然后去了爱丁堡；工作很忙，可他一有时间，就爱旅行；是的，他很不喜欢阴沉沉的天气，但也许明智的做法是别太在乎天气状况。谈话进展得尤其得心应手。“爸爸，你今天干吗了？”他听到孩子们在询问他。爸爸在人前做了演讲，然后读会儿书，就早早睡觉了，这样明天就可以搭第一趟航班，回家看他的宝贝女儿和心肝儿子——这会儿还是不妨忘记的好。

“我不想参加代表团的晚宴。”七点钟时，当艾希曼过来问他们是否需要鸡尾酒后，她如是说。

于是，他们一起走出酒吧。他的手颤抖着按下电梯按钮。透明电梯升上来了，他站在她对面，问她需要停在哪层。户外的景致已经笼罩在雾色中。

中年引诱者的直率，与信心或傲慢并无关联；相反，它是在人们可悲地意识到死亡的日益临近时，生发的一种无可容忍的绝望。

就基本结构而言，她的房间与他的几无两样；然而，他却惊讶于它天壤之别的氛围。一件紫色的礼服挂在墙上；一本柏林新博物馆的展览目录放在电视旁；桌上有一个打开的手提电脑；镜子边是两张印着歌德画像的明信片；她的手机放在床头柜上，与酒店的立体音响系统连接着。她问他可有听说过某位歌手，然后手轻轻叩着，翻找到了她要的唱片：配乐很简单，只有钢琴和仿佛教堂嗡嗡声的打击乐器，接着，一个嘹亮的女声切入，萦绕于耳，十分浑厚，然后突然变得高亢、清脆。“我特别爱这一段。”她说，然后闭了一会儿眼睛。他一直就站在床脚边，听着歌手逐渐拉高音阶，重复唱着“永远”二字，它仿佛一声喊叫，直穿他的灵魂。自孩子们出生之后，他便再不曾如此感受音乐；当他的人生界域需要的是平稳与宁静时，却有如此的欣喜若狂被催变而出，这对他而言，并非好事。

他走过去，用手捧起她的脸，印自己的唇在她唇上。她拉近他，再次闭上眼。“我便将一切献给你……”歌声如是唱着。

这时刻与他过往结识新欢时的记忆一般模样。如果他可收集起历来情景的点点滴滴，将它们拼接在一段单回路上，总运行时间也许并不超过半小时；然而从诸多方面而言，它们都是他人生中最为美好的时刻。

他感觉自己仿佛被获准，进入另一个他以为早不复存在的自己。

令人同情的是，缺乏安全感的男人并不确信自身的魅力，他们需要不断求证他人是否接纳自己；有多少危险都由此而生啊！

她关了灯。虽然基本结构一致，却蕴含如此多的不同：她的舌头更好奇、热切；当他移去她的腹部时，她拱起背；她的腿更健美，大腿肤色更暗。此刻，他如何能罢手？违越道德的念头，早已飘至九霄之外，仿佛沉睡时的警钟，唤人不醒。

事毕，他们静静地躺着，呼吸渐渐平息。透过大开的窗帘，可见雾色下的发电站灯火通明。

“你妻子是什么样的人？”她微笑着问。他无法判断她的语调，也不知该如何作答。他和柯尔斯滕之间的问题，显然并不适合道于外人，即便如今它们已然招致一个崭新的、更少不经事的卫星进入它们的轨道。

“她……人很好。”他结巴着说。劳伦依然一脸茫然，却不继续追问。他搂着她的肩；透过墙传来的声音听得出，有一辆电梯在下行。他不能说自己在家备感无聊。他并不是不再尊重妻子，或甚至不再钦慕于她；相较之下，他真实的境况更为特殊，更有失他的颜面。他爱的是一个仿佛从不需要爱的女人，一个太能干强悍的斗士，以致他几无机会去予以呵护；这个人从来都与想要施以援手的人们关系不睦；有时越为自己所信任的人辜负，她越是最感惬意。他与劳伦这肉体欢爱似乎并无其他缘由，不过是因为近年来他和妻子发现，彼此间连一个拥抱都那么难——不过是因为在内心一隅，他颇因此受伤，并为之愤怒。

170.

极少有婚外情是源于对配偶的漠不关心。通常都是太过在乎，才会导致背叛。

“我觉得你会喜欢她的。”最后，他又补上一句。

“我想是的。”她淡淡地说。这会儿，她的表情又转为了淘气。

他们叫了送餐服务。她点了加柠檬汁的意面，并要求在旁边放一小块干酪；她似乎习惯于精确描述自己的要求。拉比在接受服务时总显得小心翼翼，所以很欣赏她的维权意识。这时，电话铃响了，是她洛杉矶的一个同事打来的，那边才将近中午。

他为之吸引的，也许并不只是性爱本身，而是紧随性爱之后的那种亲密。这个时代的怪异就在于，开展一段友谊的最简易之法，便是让对方解带宽衣。

他们互相温暖、彼此体贴。谁也没有机会令对方失望。作为陌生人，他们可以表现得能干、慷慨、妥靠、可信。他的笑话逗得她哈哈大笑。她说他的口音挺有吸引力。他意识到赢得陌生人的喜爱原是这般容易，他不由得为此略感孤独。

他们一直聊到午夜，然后分头安睡。清晨，他们一起去了机场，在办理登机手续的地方喝了杯咖啡。

“保持联络——尽可能多一些。”她微笑着说，“你是个好人。”

他们紧密相拥，表达着两个对彼此并无更多念想的人儿之间那份纯洁的爱意。他们并无多少时间，这也是利好。在其保护之下，他们的可圈可点，可永远封存于彼此心间。他感觉有泪涌上来，便盯着那支由一位战斗机飞行员代言的手表广告看，尝试着让自己平息下来。横亘彼此之间的那片海洋、那块陆地，令他尽情释放对于亲密关系的所有渴望。他俩都可因渴望这份亲密而心痛，也都无须承担任何后果，他们永远不必怨恨彼此，他们可以与那些不谈未来的人们一样，继续彼此欣赏。

172.

赞　同

周六下午，他早早就到家了。令他意外的是，世界依然在运转，与平时并无两样。在机场也好，在公交上也罢，没有人对他瞠目而视。爱丁堡完好无损。前门的钥匙依然好使，柯尔斯滕在书房辅导威廉的家庭作业，这个聪明而富有才华的女人——阿伯丁大学优等生毕业、英国皇家特许测量师学会苏格兰分会会员，每天处理数以百万计的预算——却坐在地板上，听命于一个七岁半的男孩。这孩子对她有着绝对的控制权，此刻正不耐烦地催促她给自己的画作弗洛登战役[1]的弓箭手涂颜色。

拉比给每个人都准备了礼物（在入境大厅对面买的）。他告诉柯尔斯滕说，他可以来接管孩子们，准备晚餐，给他们洗澡；他知道她一定累坏了。负疚感有效催生着更为和善的脾性。

拉比和柯尔斯滕早早上了床。一直以来，她都是他的第一个信息源，让他能获知每一点或大或小的新闻。所以，当他摇身变成了重大资讯的掌握者时，这着实太不同寻常，大大违背了消息披露的习惯性原则。

他本可再自然不过地起头，解释说他在电梯间邂逅了劳伦——那会儿他本该在演讲——这实在奇妙；做爱之后，她断断续续地描述着童年时代最亲密的祖母的病痛与离世，这实在令人动容；若沿袭他们在剖析各色派对人群的心理或讨论观影感受时的那种轻松、散漫，他们可以评论说，拉比不得不在泰格尔机场与劳伦道别，这实在让人感动又感伤；而她在飞机落地后，居然发来短信，这实在令人激动，同时又（有点）害怕。这些话题，最是适合与这位富有见地又不乏好奇心、有趣却又善于观察的生活的探险伙伴一起讨论。

因此，他需要费些心力，不断提醒自己随时可能启幕一场悲剧。埃丝特明天早上在一家室内滑雪场有活动。他们的生活可以在此时戛然而止，然后疯狂和混乱开始上演。他们必须得九点离家，九点四十五分赶到。他很清楚，自己一句话便能终结当前有条有理的稳定生活：他脑袋里那条仅仅六个字符的信息，可将这个家轰上天。他们的女儿会需要自己的手套，它放在阁楼上那个

1 一五一三年九月九日发生于英格兰北部诺森伯兰郡的一场战斗，参战双方为苏格兰国王詹姆斯四世率领的苏格兰军队和英格兰军队。结果英格兰方面获胜，苏格兰国王詹姆斯四世战死。

174.

标着“冬季衣物”的箱子里。他惊讶于自己的思维有能力不将其间负荷的炸药泄漏毫厘。尽管如此，他依然忍不住要在浴室的镜子前检查一番，确保不会被自己出卖。

他明白自己所为是错——社会早早便将这观念灌输给了他。确实大错特错。按照八卦小报的说法，他该是卑鄙小人、爱情骗子、说谎者和背叛者。然而，他也认为自己压根并不了解这过错的确切性质。他确实有些顾虑，但只是出于一些防范型的次要原因——因为他希望明天，以及以后的许多天、许多年，都能诸事顺遂。不过，就柏林酒店里发生的故事本身而言，他在内心深处并不认为它真的十恶不赦。或者，这只是爱情骗子永恒的借口？他不知道。

第一，如果换作浪漫主义的视角，显然易见，再没有任何背叛比这种行为更严重。甚至对于几乎愿意宽恕一切恶行的人而言，婚外情也依然是骇人的罪恶，因为违背了爱情一系列最神圣的责任而为人不齿。

最为人所不齿的，在于人们根本不可以在声称爱一个人的同时——全方位地表达着对于共同生活的在乎，却脱缰妄为，与其他人有肉体之欢。如果这样的灾难注定会发生，那么惟一可为的，便是不要开启一段爱情。

柯尔斯滕已经睡着了。他捋去她额头上的一缕头发。他回忆着劳伦的耳朵和腹部在被挑逗时——甚至隔着衣服，与柯尔斯滕完全不同的反应。当他们闲坐酒吧时，他们之间已貌似会有故事发生；而当她问他过去是否经常出席这种会议，他回答说，这一次让他尤其感觉不同寻常，她暖暖地微笑了时，故事的发生便已成必然。她的核心魅力在于她的直率。“感觉真好。”他俩睡在一起时，她转过身，这样说着，仿佛在尝试某家餐厅的一道不常吃的菜肴。但人的思维具有多面性和超强的防御功能。在另一个区域、另一个星系，他对柯尔斯滕的爱，完好无损地保存在那里——他爱她在派对上开黄腔的方式，爱她脑袋里那个令人咋舌的诗歌宝库（柯尔律治[1]和彭斯[2]），爱她习惯于用软底的运动鞋搭配黑色裙子和紧身裤，爱她疏通水槽的能耐和她对汽车引擎盖下的构造的了解（幼时曾被父亲辜负过的女人似乎尤其擅长这类事务）。在这个世界，他最愿意共进晚餐的人，便是妻子，同时也是他最好的朋友。然而，这一切却不能根本阻止他毁灭她的生活。

第二，私通不只是不忠，人们认为，这种涉及肉欲的罪孽存在

1 英国著名的湖畔派诗人。

2 苏格兰民族诗人，在英国文学史上占有重要地位。

根本性差异，它是一种巨大的、无可比拟的背叛。寻花问柳并非一定十恶不赦，但对于被口口声声称作挚爱的人而言，它则是最恶劣的行径。

显然，他的行为绝不是柯尔斯滕·麦克利兰多年前在因弗内斯那家橙红色的婚姻登记处落笔签字时料想的。那么同样，在他们婚姻的漫漫长河里，也有好些状况出乎了拉比汗当年的意料，包括：妻子强烈反对他重回建筑业，主要是因为不愿家庭收入被缩减几个月；她觉得他的很多朋友很“无趣”，便切断他与他们的往来；在一起时她总想拿他开销的事开玩笑；一旦她工作出了问题，或者孩子的学习状况让她焦虑，他便成了出气筒……他在内心历数这桩桩委屈，作条条推理，比起琢磨是不是自身在事业上踌躇不前，或他的朋友们也许就真的再不如他二十二岁时那样有趣，要简单得多。

此外，拉比也在质疑，是否那半小时的所作所为，便令他必须遭遇道德规范的谴责，便必须被罚入地狱。柯尔斯滕不善倾听、不愿宽容、无端指责他、随意贬低人、对他常常漠不关心，如此种种，即使不如他的行为那样令人愤慨，却也是背叛结婚誓言，同样具备破坏力（即便并不显性）。他并不想历数她的失当，但他不太确信是否因为这一件被公认杀伤力巨大的行为，自己就该被定义成恶贯满盈。

第三，一夫一妻制的承诺源于一种深层次的慷慨和对对方的健康蓬勃的深切关注，这是爱情的结果，值得颂扬。响应一夫一妻制，便是在明确昭告一方将另一方的利益挂在心上。

拉比获得了一种崭新的思维方式，他认为自己在这个星球上只剩数十年光阴，身体越来越衰弱，与其他异性接触机会也越来越少，眼前又恰好有一个年轻的加州女人真心愿意为他宽衣解带，这时却还要求他孤身回到房间，倚在床头，边看 CNN 频道，边再吃一个总会三明治，这绝不是仁慈和通情达理之举。

如果爱情被定义为对另一个人幸福的真正关切，那么允许一个经常被挑剔恫吓的丈夫走出十八楼的电梯，和一个几乎素昧平生的女人享受十分钟的私密接触，恢复一下活力，也就必然是合情合理了。否则，我们所面对的，也许便不是真正的爱情，而是一种狭窄的心胸和虚伪的占有，它不乏使对方幸福的愿望，但前提是这幸福中少不了自己。

已经过了午夜，可拉比的思维依然异常活跃，他知道自己的观点会备受诟病，但他毫不在意，而在此过程中，他又形成了一种更加偏激的自我正义感。

第四,一夫一妻制是爱情的自然状态。对理智的人而言，爱人是独一无二的。一夫一妻制是心理健康的重要指标。

拉比纳闷的是，是否人人都有一种幼稚的理想主义，希望配偶能集所有角色于一身——既是最要好的朋友，又是爱人；能一起为人父母，又互为私人司机和生意搭档。而这种观念又激发着人们的失望和不满，招致数以百万计的美满婚姻以失败告终。

对他人偶尔心生欲念难道不是最自然不过？如果一个人过惯放纵不羁的享乐生活，体验的是夜总会和夏日公园里的酣畅和兴奋，听的是充满欲求的音乐，他怎可突然因为一纸婚约，便放弃所有无拘无束的性爱福利？而且这一切并非出于任何特定的神或更高的诫命，只是因为一个未知的假设：认定其必然大错特错。抵挡住诱惑、无视生命短暂——从而出于迫切的好奇心，应该一探配偶之外的某具独特的肉体——难道就不残忍，就没有“错”？从道德的角度对婚外性说三道四，就是否认一系列极致的感官体验的合法性（拉比想起了劳伦的肩胛骨），它们其实和更广为人们所接受的那些美好，譬如《嗨！朱迪》[1]的结尾部分，或爱

1 披头士乐队成员保罗·麦卡特尼创作的歌曲，于一九六八年八月二十六日发行后，连续九周位于美国Billboard榜首，在全球的销量超过了八百万张。

尔汗布拉宫[1]的天花板一样，值得人倾慕。拒绝婚外性难道不等同于背叛生活的丰富性？换言之，信任一个只是偶尔不忠的人，难道就有失理性？

1 又称“红宫”。中世纪摩尔人统治者在西班牙建立的格拉那达王国的宫殿。位于地势险要的山头上。四周围墙用红色石块砌筑。沿墙筑有或高或低方塔，墙内有许多院落，其中狮子院以其轻巧的券廊和雕有十二只狮子簇拥着的喷泉著称。整座宫殿的建筑风格富丽精致。

180.

反 对

起初的信息往来彬彬有礼。他回程可安好？她时差可调顺？涉及工作的话题也会掺涉其中：他可有收到会后通讯？她可知道城市规划专家扬·盖尔[1]？

突然，一天晚上十一点钟，他感觉自己的手机在振动，便去了浴室。她从洛杉矶发来短信说，她实在忘不了他的小弟弟。

他立刻删掉信息，取出SIM卡，藏在自己的洗漱包里，把手机搁在一套运动服下面，然后回到床上。柯尔斯滕展开双臂拥抱他。第二天，他把手机组装起来，站在楼梯下的衣柜边给劳伦回了条信息："感谢你给了我一个奇特、美妙、慷慨的夜晚。我会永远铭刻在心。我想你的小蓓蕾。"出于多种理由，在发送之前，他删掉了最后一句。

事实上，对于家务缠身、毫无悔意的拉比来说，局面开始变得更复杂了。

接下来那个周日，他带着威廉在市中心一家玩具店买船模时，收到一封带附件的电邮。在一个摆满小帆船的架子旁边，他阅读了邮件："我爱你的名字，拉比汗。每次我对自己大声喊出它，我便能体会到快感。可我也为此悲伤，因为它提醒我，自己和那些不会敞开真实热情的本性、也不能给予我所需要的理解的男人们浪费了多少时间。我希望你喜欢附件里的照片，我穿着的是自己最喜欢的牛津鞋[2]和袜子。这是真实的我，是我很高兴你见过、也许不久之后会再见的那个我。"

威廉拽着他的夹克。他的声音里充满了沮丧：他心心念念一个月的船模比想象的要贵得多。拉比觉得自己面色开始发白。那是张在浴室的自拍照，她正对着一面全身镜，头扭到一边，除了一双系带鞋和齐膝的黄黑两色的长袜，一丝不挂。他提议给威廉买一个航母模型。

周末余下时间，他一直没有回复她。直到周一的晚上，柯尔

1 丹麦建筑师、城市规划专家，就职于丹麦皇家艺术学院的建筑学院城市设计系，出版的著作包括《交往与空间》《新城市空间》《公共空间·公共生活——哥本哈根1996》等。

2 牛津鞋英文名叫Oxford Shoes，是指从十七世纪英国赫赫有名的牛津大学所开始流行的男生制服鞋，在鞋子楦头以及鞋身两侧，往往会做出如雕花般的翼纹设计，通常鞋面打三个以上的孔眼，再以系带绑绳固定，不仅为皮鞋带来装饰性的变化，也显出低调古典的雅致风味。

斯滕出去参加读书会了，他才有时间和机会来处理它。

当他打开电邮 App，准备回复时，他看到劳伦已经又发来信息：“我知道你处境不便，我从没想过要给你惹麻烦——那天晚上，我只是很脆弱、很愚蠢。我一般不会给几乎不认识的男人发裸照。你只字未回让我有点受伤。原谅我这么说。我知道自己这样做不对。我只是总忍不住想你善良、温柔的脸。拉比，你是一个好人——别再让任何人对你说这句话。我无比爱你。我想你现在就进入我的身体。”

对于这个脸庞善良、温柔的男人来说，事情开始越发微妙了。

或许并非巧合，拉比开始越来越关注到妻子的好。他注意到她处理每一件事时的不辞劳苦。每天晚上，她花几个小时辅导孩子们做家庭作业；她记得他们的拼写测试；陪他们排练学校戏剧的台词；给他们的裤子缝好补丁。她还资助马拉维的一个唇裂孤儿。拉比患了口腔溃疡，不用他开口，她便买好了一种愈合凝胶，给他送到办公室。她的为人处事，比他的表现要好得多，对此，他既充满感激，同时又无比恼火。

她的宽容慷慨似乎在羞辱他方方面面的不足，从而日渐令人无法容忍。他的行为开始反常。他当着孩子们的面凶她；他做家务拖拖拉拉；他希望她的态度恶劣一些，从而使她对他的评价能与他的自我价值感匹配。

一天深夜，两人都上床了。柯尔斯滕给他转述着关于家里车的年度服务事项，这时他的恼怒达到了顶点。

“对了，我把轮胎重新调整了一下，显然，每隔大约六个月你就得动一下。”她边看书边说，头都没抬一下。

“柯尔斯滕，你干吗要操这些心？”

“呃，因为它很重要。机修工说，不这么做会有危险。”

“你知道吗，你很可怕？”

“可怕？”

“就是你太……太有条理了，太擅长规划，让一切都太过于合情合理。”

“合情合理？”

“家里的一切都太理性，被精心设计、严格管制——仿佛从现在开始，到我们升天那天，都已经安排好时间表。”

“我不明白。”柯尔斯滕说。她一脸纯粹的困惑。“管制？我就去把车修了一下，便立刻成了你脑子里那些反资产阶级的词汇所描述的恶棍？”

“是的，你是对的。你永远都是对的。我就不明白你怎么能轻而易举便让我感觉自己疯狂又可怕。我只是说，家里的一切都太有章有序了。”

“我以为你喜欢有章有序。”

“我也原以为是。”

“原以为，过去时？”

“它让人开始觉得死板。甚至无趣。”他开始控制不住自己。他禁不住想说最狠毒的话，试图摧毁他们的关系，以验证它是否真实、值得信赖。

“你讲话一点都不客观。我从来没认为家里的一切无趣。我倒巴不得它们这样。”

“就是这样。我已经变得无趣。你也是，只是你自己没注意到。”

柯尔斯滕瞪大眼睛，直直地看着前方。她以沉默维护着自己的尊严，从床上爬起来，手里握着正在读的书，走出房间。他听着她下了楼，关上了起居室的门。

“你为什么有这么大的本事，能让我对自己做的每件事都产生罪恶感！”他在她身后吼道，“圣婊子柯尔斯滕……”他的脚使劲跺在地板上，足以吵醒睡在楼下房间的女儿。

二十分钟后，他也下了楼。她正坐在台灯旁边的扶手椅上，身上裹着一条毯子。他走进去时，她没有抬头看他。他在沙发上坐下来，双头捧头。旁边厨房里的冰箱发出一声抖动，是恒温器启动马达的声音。

“你觉得我做的这一切都很好笑，是吗？”她终于开口说话了，却依然没有看他，“我把自己最好的职业生涯都抛弃了，为的就是管好两个让人筋疲力尽又抓狂的可爱的孩子和一个濒临神经崩溃的有趣的丈夫？你以为这就是当年我十五岁读杰梅茵·格里尔[1]那本血淋淋的《女太监》[2]时梦想的生活？你知道我的脑袋每一天要装多少毫无意义的事，才能让这个家正常运转吗？而与此同时，你做的却是怀揣对我的莫名怨恨，认为我阻碍了你所有的潜能，你没能成为建筑师——而事实是，你自己对钱的担心远远大过我。但你认为怪罪我更有用。因为如果这是我的过错，一切便就轻松许多。我得要求你一件事，就一件事——你对我尊重一点。我不管你在做什么白日梦，或东奔西走地忙活什么，但我不能容忍你对我态度粗鲁。你以为只有你时不时对这一切感到厌烦？让我告诉你吧，我也常常觉得没劲。我不知道你是否体验过，反正有时候我是不满意的——你不希望我管制你，我同样也不希望你管制我。”

---

1 杰梅茵·格里尔，一九三九出生于澳大利亚，是西方著名的女权主义作家、思想家和勇敢的斗士，近代女权主义先驱，她和美国的贝蒂·弗里丹是二十世纪六七十年代西方女权运动的两面旗帜，其代表作《女太监》为西方七大女性主义著作之一，深深地影响了西方知识女性的思想和生活。已出版的书有《女太监》《完整的女人》《障碍种族》《性与命运》等。现任瓦维克大学英文和比较文学研究教授。

2 《女太监》是杰梅茵·格里尔在一九七〇年所作的一部博士论文，被西方知识女性奉为“人生指南”。该书指出，女性从小便按照男权社会的意愿而被培养着，逐渐丧失了原有的活力，成为一个“无权、孤独、性欲萎缩、缺少快乐”的人，也就是一个“被阉割的人”，即“女太监”，而强大的独立的女性气质才是全人类的革命性的未来。

186.

拉比瞪着她，惊讶于她最后那句话。

“管制，真的？”他问，“怎么用这么奇怪的字眼。”

“是你先说的。”

“我没有说。”

“你有说，就在卧室里，你说家里的一切都太理性，被管制着。”

“我确信自己没说，”拉比停住了，“你做了什么需要我管制的事吗？”

他们爱情的脉搏自当年植物园那个下午开始，就跳动至今，这一刻却停顿下来。

“是的，我和整个团队的男人都睡过了，一个不剩。我很高兴你终于问我了。我还以为你永远不会问呢。至少他们知道如何文明地对待我。”

“你有外遇了？”

“荒谬。我只是偶尔和他们吃吃午饭。”

“所有人一起？”

“不是的，探长，我更喜欢一对一。”

拉比一屁股坐在桌边，桌上堆着孩子们的家庭作业。柯尔斯滕在食品柜边走来走去，食品柜上钉着一张一家四口的大合影，拍摄于在诺曼底的一次特别快乐的假期。

“你和哪些人吃午饭？”

“这很重要吗？好吧，譬如，本·麦奎尔，地点在邓迪[1]。他人很冷静，喜欢散步。他似乎并不认为我很‘理性’是一个可怕的缺点。不管怎么说，回到那个更大的问题上，我该如何表述得更清楚一些呢？为人友善并不是无趣，它是了不起的优点，百分之九十九的人都没办法天天做到这一点。如果‘友善’都成了无趣，那么我愿意无趣。我希望再也不要像昨天那样，你当着孩子们的面对我大喊大叫。我不喜欢大喊大叫的男人，那毫无魅力可言。我当初觉得你最大的优点就是不会吼人。”

柯尔斯滕站起身，走过去拿杯水。

本·麦奎尔。这个名字拉响了警钟。她以前提起过他。她有天下午去过邓迪——那是什么时候？大约三个月前？她说是某个理事会的聚会。本·麦奎尔这家伙竟敢请他老婆吃午饭？他完全疯了吗？甚至都没有经过拉比批准？——当然他永远也不会批准的。

他立刻开始了审讯：“柯尔斯滕，你和本·麦奎尔之间可有什么故事？或者他可有暗示过希望以某种方式对你——或者我该说和你——发生点什么？”

“拉比，你别像个律师一样，用那种奇怪而超然的语气和我

1 苏格兰第四大城市，被称为“发现之城”，因为此城出过很多著名的发现和发明，比如邮票、无线电报、阿司匹林、X 射线等。邓迪气候宜人，是苏格兰日照最充足的城市，这在阴雨天频繁的不列颠岛上尤为难得。

说话。如果我真有事情瞒着你，你觉得我还会和你说这些吗？我不是那种自恋的人，不会因为有人觉得我有魅力，便立刻就要脱光。但如果真有人觉得我很了不起，如果他会关注到我剪了头发，或欣赏我的穿戴，那么我也不会对他产生反感。我并不是圣女。当下，像我这种年纪的女人没几个是圣女了。甚至你可能都接受了你母亲并不是你想象中的圣母。当她满世界飞时，你认为她晚上会干吗——在酒店房间里挑选着章节读基甸[1]《圣经》？不管她会干吗，出于为她好，我希望一切都曾经很美妙，希望她的情人们都爱慕她——我很高兴她那时有觉悟，从不把你牵涉其中。我祝福她。可惜的是，她因为无心之过，给你潜移默化了一些关于女人的非常扭曲的观点。是的，女人确实有自己的需要，即便她们有自己挚爱的丈夫，也是称职的母亲，她们还是希望有新的人、陌生人关注到她们，疯狂地想要得到她们。这并不意味着她们不再会合理安排每日的生活，思考着该给孩子们的餐盒里装上什么健康的餐食。有时候你似乎认为，这家里只有你有精神世界。但最终你所有的微妙感受其实都很稀疏平常，并无惊人之处。这就是婚姻，是我俩睁大眼睛，为自己做的终身选择。我愿意最大可能地忠诚于它，我希望你也是这样。”

---

1 “基甸国际”是一家成立于美国的国际性传教组织，热衷于在旅馆内放置免费的《圣经》。

说完这些，她陷入了沉默。挨着她站的地方，是一个柜台，上面有一大包从厨房拿出来的面粉，是她准备第二天和孩子们一起做蛋糕用的。她盯着它看了一会儿。

“至于你抱怨说我从来没做过任何疯狂的事……”他还没来得及张口，那包面粉就飞过屋子，狠狠地砸在墙上，爆成一片白花花的云雾，过了好长时间才落到餐桌上、椅子上。

“你这个愚蠢、刻薄而又没能力的男人——这对你来说够疯狂吗？也许等你清理这一切时，你就会有时间体会家务活多么有趣。永远永远不要再说我无趣。”

她回楼上去了；拉比拿着簸箕和刷子，跪在地上清扫。到处都是面粉：他几乎用了整整一卷纸巾，把它们小心浸湿，用来清理桌子上、椅子上和瓷砖缝隙里的一堆堆面粉。即便这样，他也知道在未来几个星期内，它们还会四处可见，提醒着发生过这场风波。他边清理边回忆着——他很久没这么做了——自己当初有充分的理由娶这个独特的女人。

因此，一想到自己可能已经失去她，败给了一个邓迪理事会的勘测员，他似乎就特别痛苦——而且更糟糕的是，时下正值他自身不正，无法施展道德权威。是的，他知道自己很荒谬，但各种想法还是涌上心头。这奸情已经持续了多久？他们见过多少次面了？都是在哪儿苟且的？车里？明天早上他得彻底查看一下车里。他感觉一阵恶心。他觉得她生性很隐秘谨慎，完全可能开辟第二种人生，却让他摸不着任何头脑。他不知道该如何拦截她的电邮或窃听她的电话。她真的属于某个读书俱乐部吗？上个月，她说回去看望她母亲，会不会是和情人过周末了？周六她有时出去参加的是什么聚会？他也许可以在她的大衣里放一个跟踪器。立马他又忘了愤怒，陷入无边的恐惧。妻子要弃他而去了，或者她依然留下来，但会永远对他冷眼相对、怒目而视。他无比思念过往的时光，那时他们知道（他努力说服自己）要冷静、忠诚和稳定。他希望像个婴儿一样，躺在她怀里，把时间拨回去。他本以为他们会有一个非常安静的夜晚，结果现在一切都完蛋了。

我们知道，成熟意味着超越占有欲。嫉妒是孩子们的特权。成熟的人明白，没有谁可以拥有任何人。年幼时，有智慧的人们便教育我们：让杰克玩玩你的消防车，即便他转个弯，这车还是你的。别气得在地上打滚，把你小小的拳头砸在地毯上。小妹妹是爸爸的心肝。可你也是爸爸的心肝。爱不是蛋糕，你对一个人付出爱，并不意味着对其他人的爱就少了。每次家里添了新宝宝，爱会只增不减。

后来，这个论点因为运用于男女之事，而更具意义了。配偶不过离开一小时，和一个陌生人发生点有限的身体接触，你为什么就要心生恶意？归根结底，如果他们和你不认识的人打打网球，或者加入了某个冥想会，在那儿就着烛光，亲密地谈谈自己的生活，你应该不至于生气。不是吗？

拉比不停地提出各种问题：上周四晚他给柯尔斯滕打电话，她没接，那会儿她在哪儿？她穿那双黑色的新鞋想吸引谁？如果在她手提电脑（他已经在浴室悄悄打开）的搜索框内输入本·麦奎尔的名字，会不会只搜到他们之间一些与工作相关的无聊邮件？他们用什么方式交流？还有其他什么交流地点？他们是不是设置了秘密的电邮账户？他们会用 Skype 吗？或者某项新的加密服务？最重要而又最愚蠢的问题则是：他床上表现怎样？

充满愚昧的猜忌行为容易被道德说教者所批判。其实他们不该说三道四。无论猜忌多么可笑而又令人讨厌，它们都是无法回避的：我们应该接受的是，听闻自己挚爱和信任的人触碰了另一个人的嘴唇，或者甚至只是手时，我们无法保持冷静。这当然自相矛盾——与当年我们偶然发生背叛时，内心的冷静和忠诚思想完全相反。但此时我们无法保持理性。明智的做法便是承认，此时保持智慧根本不是一个选择。

他有意识地试着放慢呼吸。他似乎本该愤怒，但在内心深处，却只有恐惧。他尝试着在杂志上看到的一种方法："想象一下，如果柯尔斯滕确实和本有些纠缠，那么她的目的是什么？我和劳伦在一起时是为了什么？我有想过抛弃柯尔斯滕吗？绝对没有。所以同样，当她和本在一起时，她也没想过要私奔。她可能只是感觉被忽略了，很脆弱，想要求证自己的魅力——她和我说过她需要这些，其实我也需要。她的所作所为也许并不比柏林发生的一切——它并非罪不可恕——更恶劣。原谅她便是原谅我自己那些曾经如出一辙的冲动，便是意识到它们不再是我们婚姻和爱情的大敌——尤其对她而言。"

这番思想高洁而又充满逻辑。然而它无法改变现实。他开始学着"做个好人"，不是通过常规的、间接的方式，而是聆听讲道或忠实地遵循社会习俗（因为没有其他选择，或是出于对传统的一种被动而畏惧的敬意）。通过最真实有效的方式：从内心深处探索不良行为的深远影响，他开始变得友善了些。

只要我们一直是他人忠诚的潜意识受益者，面对对方的婚外性时，就容易保持冷静。如果从未被背叛过，它便为保持忠实建立了糟糕的先决条件。若要演变成真正更忠诚的人，则需要遭遇一些出轨插曲，让我们在其中一度感受无限的恐慌和被亵渎，濒临崩溃。只有这样，背叛禁令才会从平和的陈词滥调演变成恒久生动的道德规则。

193.

不可调和的欲望

他最为渴望的，是安全感。冬天的周日晚上常常特别欢畅；他们一家四口围坐在餐桌边，吃着柯尔斯滕做的意面。威廉在咯咯笑，埃丝特在唱着歌。外面漆黑一团。拉比吃着自己最喜欢的德国黑麦面包。饭后会有大富翁游戏、枕头大战，接下来是洗澡、读故事，然后孩子们该上床睡觉了。柯尔斯滕和拉比也会上床，看看电影。他们在羽绒被下手拉手，就像当年刚在一起那样，但现在，余下部分就只是尴尬、敷衍地彼此吻一下唇，作为谢幕，十分钟后两人便安安稳稳入睡了。

但他也渴望着冒险。在爱丁堡那些罕见的、完美的夏夜，六点半时，街道上弥漫着各种味道：柴油机、咖啡、油炸食品、热的柏油路和情欲，路上挤满了穿着全棉印花连衣裙和宽松牛仔裤的人们。显然人人都在往家赶；但对于尚逗留在外的人而言，这夜晚代表着温暖、阴谋和恶作剧。一个穿紧身上衣的年轻人（也许是学生或游客）走了过去，面露一丝诡异的微笑，似乎一瞬间，一切变得触手可及。接下来数小时，人们会走进酒吧和迪斯科舞厅，高声说话以便盖过喧闹的音乐声，让别人听见自己；在酒精和肾上腺素的刺激下，最终会与陌生人缠绕在黑暗角落。拉比应该在十五分钟后赶到家，给孩子们洗澡。

在两种彻底相悖的基本欲望的支配下，我们的感情生活注定充满悲伤、残缺不全，然而，更糟糕的是，我们不切实际地拒绝接受分歧，我们天真地希望，不费吹灰之力也许就可实现同步：浪子的生活既实现了冒险，又避免了孤独和混乱，或者，已婚的浪漫主义者可以把疯狂性爱与款款柔情统一，把激情澎湃与平淡乏味融合。

劳伦给拉比发来信息，询问他们是否可以在网上聊聊天。她想听听他的声音，最好能再看到他：仅有言语并不够。

十天之后，才等到柯尔斯滕因为一点安排，晚上需要外出。孩子们让他几乎忙活到约定的时间；然后，因为 Wi-Fi 信号弱，通话时他只能待在厨房里。他已经一再确认，埃丝特和威廉都不会需要再来喝水，可他还是隔几分钟就看看门，以防万一。

这是他第一次用 FaceTime，所以花了点时间才设置好。此刻，两个女人在以不同的方式信赖他。几分钟时间，三个密码输好后，劳伦突然就出现在眼前，仿佛她一直就在电脑里等候着。

“我想你。”她张口就说。南加州那边是阳光明媚的早晨。

她坐在带开放式厨房的客厅里，穿着一件蓝条纹的休闲上衣。她刚刚洗过头发，一双眼睛调皮又伶俐。

“我煮了咖啡，你要喝点吗？”她问。

“当然，再来点吐司。”

“你喜欢涂黄油，我记得好像是？马上就好。”

屏幕闪烁了一下。他心想，等人类移民到了金星，恋爱便会演变成这种方式。

迷恋并不是妄想。头部姿势也许可以如实体现一个人或自信或无奈或敏感；眼神和言语的温柔也许可以真切地反映一个人的幽默感和聪颖。迷恋的错误则更为微妙，未能牢记人性的核心真理：对于所有人而言——并非专指我们熟知其多种缺陷的当下伴侣，只要相处时间足够长，我们便会发现他们都有相当多的问题令人抓狂，有些问题严重到不禁令人要嘲弄最初的那些神魂颠倒。

只有尚不为我们深入了解的人，才会依然打动我们。对爱情最好的治疗手段便是更深入地了解。

等图像恢复正常后，他可以辨认出，在一个远远的角落好像有一个晾衣架，上面挂着几双袜子。

“对了，能抚摸你爱人的键在哪儿呀？”她大声问道。

他任听她摆布。她只需去爱丁堡理事会的网站上查到他老婆的电邮，给她拨个电话就是了。

“我这儿就有。”他回答说。

在一瞬间，他的思维中滋生出一个与劳伦共同生活的未来。他想象着离婚后，和她住在洛杉矶那间公寓里。他们在沙发上做爱；他把她搂在怀里；他们秉烛畅谈彼此的脆弱和渴望，还开车去马里布，到她知道的海边一个小地方去吃虾。可他们也会为洗衣服心烦，纠结谁该修保险丝，因为牛奶没了而发脾气。

他真的无意于再继续下去，部分原因也在于他很喜欢她。他太了解自己，知道自己最终给不了她任何幸福。依据他对自己和爱情历程的所有领悟，他意识到，对于自己喜欢的人，最仁慈的做法便是尽快抽身。

婚姻：是人们施加给自己在乎或挚爱之人的一个极为奇特又无比残忍的事物。

“我想你。”她说。

“我也一样。我还特意盯着看你肩膀后面挂的那些衣服呢。”

“你这个刻薄的变态狂。”

且先不谈他妻子，若将这段爱情在现实中发展下去——作为他一腔热情的合乎逻辑的结果——将是他对劳伦做得最自私、冷酷的事。他认识到，真正的慷慨在于欣赏，在于看穿永恒的冲动，在于抽身走人。

“有些话我一直想对你说……”拉比开口了。

当他把自己想好的一切讲出来时，她耐心地听着他结结巴巴，她曾称他这种方式为“中东糖衣”；她还抛出一些幽默，说作为他的情人，她被解雇了；但她显得谦和、得体，充满谅解，而且最为关键的是，宽宏大量。

“世界上像你这样的人并不多的。”他总结说，而且是肺腑之言。

当初在柏林所为，是出于突然生发的一种希望，想进入到另一个人的生活，通过这种新奇而节制的冒险来逃避自己婚姻中的问题。但如今再来看，这样的希望不过是感情用事，也是一种残忍，牵涉其中的每个人都必然失利，为其所伤。从来不会有圆满的解决办法，可以皆大欢喜。他意识到，冒险与安全是不可调和的。充满爱的婚姻和子嗣破坏着情欲的自发性；而婚外情则在破坏着婚姻。一个人不可能既是浪荡子，又是已婚的浪漫主义者，不论这两种范式多么富有吸引力。他没有低估其中任何一种的损失。与劳伦结束，代表他维护了自己的婚姻，但这也意味着断绝了温柔与欢欣的一个重要来源。无论是出轨者，还是忠诚的配偶，都无法让二者兼而有之。这是无解的难题。他在厨房里泪流满面，多年都没这样哭泣过了——为了自己所失去的、自己所累及的，也因为艰难的抉择。他刚好有足够的时间平息下来，这时，钥匙便插进了门锁，柯尔斯滕走进了厨房。

接下来几周，将会是解脱与悲伤并存的局面。妻子会问上他好几次，可有什么不适。在第二次问时，他便会极力调整自己的状态，以便她不再询问。

忧郁自然不是一种需要治愈的疾病。它是一种心智层面的悲伤，当我们确信无疑，失望从一开始便被写入了剧本时，它也就随之而至了。

与任何人，甚至是最为般配的人结婚，归根到底就是为了确认我们牺牲了自己，最可能换取的是哪一种苦难。这是所有人的宿命。

在一个理想的社会，结婚誓词应该完全重写。圣坛上的夫妻应该这样说："我们今天的行为，在多年后可能成为今生最错误的决定，但我们不会惊慌。我们承诺不会心猿意马，只是因为我们知道，外面不会有更好的选择。没有人可以例外。我们是精神错乱的物种。”

在众人庄严地重复了最后一句话之后，新婚夫妇会继续说：“我们会尽力忠诚于彼此。同时我们也确信，禁止婚外性行为是生活的悲剧之一。我们很抱歉，是猜忌让这条古怪却明智、没有协商余地的约束变得十分必要。我们承诺让彼此成为对方满腹懊悔的惟一落脚地，而不通过唐璜主义[1]式的滥交四处传播。我们已经调查了不幸福的各种选择，我们决定选择彼此来约束自己。”

遭遇欺骗的配偶将不再可以毫无管束地愤怒控诉，说他们本以为伴侣只会对自己死心塌地。相反，他们可以更心酸而正当地哭诉说：“我以为你会忠诚于这妥协方案的某些独特的方面，以及我们来之不易的婚姻所代表的不幸福感。”

因而，婚外情不是对亲密无间的背叛，而是对勇敢而坚韧地忍受对婚姻的失望的相互承诺。

1 西班牙家喻户晓的传说人物，以英俊潇洒及风流著称，一生中周旋于无数贵族妇女之间，在文学作品中多被用作“情圣”的代名词。唐璜主义一般指代只追求性而不要爱。

200.

秘　密

任何一段感情的产生，都必然伴随着对亲密无间的承诺。但如果伴侣们不懂得把自己诸多的所思所想埋在心间，却还指望维系爱情，这似乎是不可想象的。

我们太过于敬仰诚实的品格，以至于忘记礼貌的美德；欲念会饱含我们本性中所有有害的方方面面，与我们在乎的人正面交锋。

压抑、一定程度的克制和一些主动的自我纠错，与明确的表白一样，都属于爱情。对于不能容忍秘密的人，以“诚实”之名将具有极大杀伤力的信息分享给他人，令人铭记终生，那么这个人绝不会为爱情所青睐。如果我们怀疑（对于富有意义的婚姻，我们常这么做）配偶也在撒谎（掩藏了她真实的想法、他评价我们工作的方式，或她昨晚真实的去向……），那么我们应该努力控制自己，不要扮演尖刻、无情的检察官。我们假装自己并没有关注到，便可以更通情达理、更明智、更接近爱情真正的精神。

对拉比而言，柏林所发生的故事没有其他选择，只能永远成为谎言。之所以没有选择，在于他知道，和盘托出将会带来更大的谬误：他会被深深地误解为自己不再爱柯尔斯滕，或者在生活的方方面面，他都不再是个值得信赖的人。真相远比谎言更可能扭曲他们的关系。

在这起婚外恋之后，拉比对婚姻的目的有了不同的看法。年轻的时候，他认为婚姻是对一系列特殊情感的奉献：温柔、欲念、激情、渴望。然而，如今他领悟到，它也是一种重要的体制，经年累月，它都该坚守阵地，而无须在乎体制成员的情感世界发生的每一点变化。它的合理性不是植根于感情，而是植根于更稳定更持久的各种事件：植根于原初的承诺——不为日后的修改所影响，尤其植根于孩子——他们本质上毫无兴趣关注生养自己的父母日常状态的满意度。

根据绝大多数历史记载，人们之所以维系婚姻，原因在于他们急于与社会的期望保持一致，有些资产有待保护，家庭的完整性有待延续。后来，另一种完全不同的标准渐渐占据主导，这个观点认为，婚姻维系的前提是夫妻之间还存在一定的感情——真实的激情、欲望和成就感。在这种全新的浪漫主义秩序里，如果婚姻生活变得枯燥呆板，如果孩子们开始心烦意乱，如果性爱不再富有吸引力，或者如果任何一方最近开始不时地有些不开心，那么夫妻俩就有正当的理由分道扬镳。

拉比对自己情感的混乱和茫然理解得越多，便越赞同婚姻的体制论。有时开会，他会偷窥某个迷人的女人，愿意为她抛弃一切；可是两天后，他却发现自己宁愿去死，也不能没有柯尔斯滕。或者，在那些下雨的漫长周末，他但愿孩子们已经长大成人，永远不要再来烦他，这样他就能安安静静读自己的杂志——可是一天后，因为一个会议可能要超时，导致他要晚到家一小时，从而没法陪孩子们上床睡觉，他在办公室里难受得心都揪了起来。

在如此多变的背景下，他认识到外交艺术的意义，其规范在于，为了更伟大更富战略意义的结局，不必总是如实袒露自己的所想，暴露自己的言行不一。

拉比无法摆脱那些充满矛盾、感伤和荷尔蒙的力量，它们不断将他拽向一百个疯狂的、未知的方向。若要尊重这任何一种力量，便再无机会维持生活的连贯性。他知道自己永远不会有更大的成就，除非他能做到——至少一些时候，内心存有不满、外在不留本真——不因为和一个长着灰绿色漂亮眼睛的美国市政设计师有一夜情，便闪过放弃孩子或结束婚姻的念头。

对拉比而言，他的情感正在被分配太重的负荷，以便让它们成为北极星，永远指引着他的生活。他是一个混乱的化学命题，迫切需要基本原则，容他可以在失去理性的瞬间坚守。他知道该感恩自己的外部环境与内心感受有时并不相符。也许这便是他走在正途的信号。

罗曼蒂克之外

207.

依恋理论[1]

随着年岁渐长，他俩全新地意识到自己尚不成熟，同时也领会到他们不会是个案。他们对于自己的理解，肯定不及别人来得更深刻。

多年来，他们总拿心理治疗开玩笑。起初，他们嘲弄的是治疗费用：心理治疗是有闲有钱的疯子们的特权；心理医生们也都是疯子；遇上问题人们只要多跟朋友交流就好；靠“看医生”解决问题，这是曼哈顿人的行径，而非洛锡安[2]人的风格。但伴随着一次次激烈的争吵，他们曾经信服的这些陈腔滥调似乎越来越靠不住了。一天，当拉比因为柯尔斯滕质疑一张信用卡账单，一怒之下把椅背都敲断时，他俩立刻心照不宣地意识到，他们有必要看看心理医生了。

一个好的心理医生，比一个好的理发师——他的服务也许不那么野心勃勃地着眼在人文关怀——难找多了。求人推荐医生非常棘手，因为人们会把这种需求视作婚姻出现危机的迹象，而不是婚姻健康持久的象征。就如有助于爱情顺利发展的绝大多数事物一样，心理咨询似乎与浪漫毫不相干。

他们最终在网上搜索到一个在市中心开业的个人执业医师，他的网站很简洁，介绍自己是一个“夫妻问题”专家。这个词让人感到安慰：他们的问题不是个案，就被深入研究、麻烦不断的家庭单位而言，这些问题只是其中一部分。

诊所位于一座建于十九世纪晚期的阴暗的出租大楼三楼。不过诊所里面却温馨怡人，到处摆满了书籍、报纸和风景画。医师费尔贝恩太太穿着一件寻常的墨绿色罩衫，极卷的灰发呈头盔状，衬着一张平和亲切的脸。当她在诊疗室内坐下来时，她的双脚离地很远。事后拉比刻薄地说，这“霍比特”人似乎对自己所谓的专长并无太多亲身体验。

拉比看见他和柯尔斯滕之间的那张小桌上有一大盒面巾纸，它所代表的含义，令他油然而生一种抗拒。他不愿接受这邀约，在公开场合，对着一叠面巾纸吐露自己复杂的悲伤。在费尔贝恩太太记下他们电话号码时，他几乎要打断这进程，宣告说他们的造访实际是个错误，是对他们之间的那些争吵夸张的过度反应；

1 依恋理论是英国发展心理学家约翰·鲍尔比最著名的理论。“依恋”是一种寻求与某人的亲密并当其在场时感觉安全的心理倾向。

2 英国苏格兰前行政区。

他们的关系细细思量，其实极好，时时刻刻都好。他想从诊所冲出去，回到正常世界，去到那家街角的咖啡店里，他和柯尔斯滕可以来一个金枪鱼三明治和一杯接骨木花茶，继续过平常日子。这种日子他们居然主观上错误地认为是不完美的。

“我先说明一下吧，”医师一字一板，带着爱丁堡上层阶级的口音，“我们有五十分钟，你们可以看壁炉上方的钟把握好时间。眼下你们可能会觉得有点不安，不然就太反常了。你们也许认为我对你们要么无所不知，要么一无所知。这两种看法都不确切。我们会一起来分析你们的状况。你们能来这里，我应该给予祝贺，我知道这需要一点勇气。对于想继续共同生活的夫妻来说，能一致同意来这儿，就已经是迈出最重要的一步。”

她身后的书架上都是重要的专业书籍：《自我与防御机制》[1]，《从家出发》[2]，《分离》[3]，《爱的回响——客体关系理论视野中的夫妻

1 作者安娜·弗洛伊德，奥地利出生的英国心理学家、儿童精神分析法创始人及该领域中杰出的临床工作者之一。其父亲是精神分析学派的创始人西格蒙德·弗洛伊德。1936 年她发表了《自我与防御机制》，扩展和深化了防御机制的概念与功能，为自我心理学的发展奠定了基础。

2 作者唐纳德·温尼科特，英国精神分析学家。是继梅兰妮·克莱茵之后，较具原创性且为一般英国大众熟知的客体关系理论大师。

3 作者约翰·鲍尔比，英国心理学家，杰出的儿童精神病学家。他将心理分析、认知心理学和进化生物学等学科统合在一起，纠正了弗洛伊德精神分析理论对童年经历的过分强调和对真正创伤的忽视。1989 年获美国心理学会颁发的杰出科学贡献奖。

心理疗法、自我及他人》。她自己的第一本书则写了一半，书名叫《婚姻关系中的安全依恋和焦虑依恋》，将由伦敦的一家小出版社印行。

“跟我说说，你们怎么会想到我这儿来？”她继而以更亲切的语气说。

柯尔斯滕说，他们俩相识于十四年前，有两个孩子，两人从小就成长于单亲家庭。他们的生活忙忙碌碌，让人满足，有时候也苦不堪言。她讨厌他们之间的那些争吵。在她眼里，丈夫再也不是当年她爱的那个人了。他对她怒气冲冲、摔门，还骂她是荡妇。

费尔贝恩太太停止记录，抬起头来，脸上一片冷静；日后他们会对她这种表情见怪不怪的。

拉比也承认，他妻子所言不假。可是在柯尔斯滕身上，有一种冷漠和偶尔的无声蔑视令他绝望，那蔑视似乎就是为了惹恼他。对于他的或自己的烦心事，她总以沉默和冷漠来应对。他经常在追问，她是否真的爱他。

摘自乔安娜·费尔贝恩博士《婚姻关系中的安全依恋和焦虑依恋——一个客体关系理论的观照》（伦敦卡纳克出版社）：

依恋理论，是由心理学家约翰·鲍尔比和同事在二十世纪五十年代创立的，他从人类最早期接受父母看护的经历中，挖掘人际关系紧张与冲突的原因。

据估计，三分之一的西欧人和北美人幼时都遭遇来自父母的失望情绪的困扰（参见 C. B. 瓦西里，2013），其结果便是，为了抵挡对无法忍受的焦虑的恐惧，原始的心理防御机制被启动，信任和亲密关系的能力受到了干扰。在他伟大的著作《分离》中，鲍尔比提出，那些在幼时被家庭氛围伤害的人，长大后面对婚姻关系的困难或分歧时，会有两类反应：一类表现为畏惧、依附和控制的行为趋势，鲍尔比称之为“焦虑型依恋”；另一类则倾向于防卫和退缩，他称之为“回避型依恋”。焦虑型依恋的人往往喜欢查探伴侣，会因为嫉妒而发作，花大量的生命悔恨夫妻关系不够“紧密”。回避型依恋的人会说他们需要“空间”，乐于独处，会在畏惧时寻求性关系的亲密。

寻求夫妻疗法的病人中，高达百分之七十的人会表现出焦虑型依恋或是回避型依恋这两类行为模式。极常见的是，夫妻往往是回避型依恋和焦虑型依恋的组合，每一种行为反应都会加速对方信任感的螺旋式下降。

他们不再自发地去理解对方，要接受这一事实让他们感到羞愧。来问诊心理医生意味着他们放弃了凭直觉去感受所谓的灵魂伴侣的内心活动。因为家庭生活那些看似无关紧要的时刻的微小考验，日积月累，爱情的美梦便被抛弃、被取代；但是在费尔贝恩太太看来，生活中此类不经意的时刻都要紧得很，一个不友好的评价、一点稍许的不耐烦或是一种伤人的直率都埋下了夫妻问题的祸根。

费尔贝恩太太在帮助他们拆弹。花上五十分钟（以及七十五英镑）来分析柯尔斯滕第二次对着楼上喊拉比下来摆餐具时，拉比的表现，或是柯尔斯滕对埃丝特不尽人意的地理成绩的反应，这似乎很愚蠢。但这些都是问题的出血点，如果置之不顾，会演变成某种灾难，成为社会高度关注的那些焦点：家庭暴力、家庭破裂、社会服务提供的辅导、法庭判令……所有问题都起源于微小的羞辱和辜负。

今天，拉比提起了昨晚的一场争论。它涉及工作和收入。他的公司短期内会有停薪或降薪的风险，这将导致他们不能按期偿还抵押贷款。柯尔斯滕对此无动于衷。面对这么严重的问题，妻子为什么总是以这种无所谓的方式回应，她就不能说点什么，什么话都行，只要有助于解决问题？她甚至有没有听？为什么她总是在他最需要支持的时候，应之以含糊不清的“哦哦”？这就是他冲她大吼、咒骂，然后扬长而去的原因。他这样做是不好，但她太令人失望了。

焦虑型依恋的一个特征，就是无法忍受模棱两可的情境，比如沉默不语、吞吞吐吐或不置可否，并会做出激烈的反应。这些模棱两可，会立刻被负面解读成侮辱或恶意的攻击。对于焦虑型依恋的人来说，任何微小的轻慢、草率话语或是疏忽都被理解为一种严重的威胁，会发展成为关系破裂的前兆。客观的解释毫无用处。焦虑型依恋的人经常在内心感觉在为自己的生命而战，但他们显然无法将自己的脆弱解释给身边的人，于是可以想见，周遭的人便可能将他们定义成脾气不好、易怒、冷酷。

这值得一提吗？柯尔斯滕反对说。他又夸大其词了，在对待很多事情上，从下大雨到餐馆难吃的食物，他都是这种态度。譬如去葡萄牙那次，甚至孩子们都觉得住得不错，可之后几个月，他都一直在抱怨那家旅馆肮脏不堪，仿佛那儿就是世界末日。

她接着说，她当然不会响应他的反应。值得这么暴跳如雷，弄得尽人皆知吗？一个人的脾气怎么会这么火爆？她努力想给费尔贝恩太太一种印象：夫妻俩中，她是比较讲理的一个；同为女人，费尔贝恩太太可以一起感叹男人的愚蠢和荒唐。

但费尔贝恩太太不愿被逼着去偏袒。这是她的智慧。她不管谁是“对的”，她想要的是摸透两人的感受，然后促使一方心生同情，倾听另一方。

“在那种情形下，当柯尔斯滕不怎么说话时，你怎么看她？”她问拉比。

他想，这是一个荒唐的问题，昨晚的怒火又在体内燃起。

“我的感受正如你所料，她很可怕。”

“可怕？就因为我不说顺遂你心意的话，就说我可怕？”柯尔斯滕插嘴说。

“柯尔斯滕，请等一下，”费尔贝恩太太提醒道，“我要再多挖掘一下拉比在这种时候的感受。当你认为柯尔斯滕让你失望时，你是什么感受？”

这一次，拉比不再控制自己的理性，而是下意识地说：“害怕、孤单、无助。”

一阵沉默；这是他们俩任何一方说了重要事情后，常有的局面。

“我感到孤单。我无足轻重。她根本不在乎我。”

他停住了，泪水涌上了双眼；这也许有点出乎意料。

“听起来很难受。”费尔贝恩太太说，口吻中立，却又有感同身受在其中。

“在我看来，他听上去并不害怕，”柯尔斯滕评论说，“一个又尖叫又咒骂妻子的人不太可能是可怜、害怕的小羊羔。”

但是费尔贝恩太太却从治疗的角度紧紧抓住这个问题，不让它逃过。这是一种模式：对于一些需要安慰的事情，拉比感受到的是柯尔斯滕的沉默和冷漠。于是他感到害怕，开始发脾气，然后导致柯尔斯滕更加沉默。害怕和怒火与日俱增，距离也日渐拉开。柯尔斯滕认为他傲慢而霸道。她的经历告诉她，男人有专横的癖性，女人就该运用力量和合适的方式与之对抗。这种时刻是绝不可能给予原谅的。而在拉比内心深处，根本没有力量可言，他只是胡乱地挥舞着双手，被她毫不掩饰的冷淡击垮、羞辱，黔驴技穷。对于自己的脆弱，他的应对方式是完全掩盖它，从而确保他似乎可以疏远那个人，即使自己无比渴求她的安慰。

而现在，每周三中午，有了打破这恶性循环的机会。因为有费尔贝恩太太，柯尔斯滕不再承受拉比的怒火，拉比也不再遭遇柯尔斯滕的冷漠，夫妻俩被要求透过对方受伤的表象，审视藏在内心的那个矫情而惊恐的孩子。

“柯尔斯滕，你认为吼叫和偶尔咒骂是一个心理强大的男人该有的行为吗？”当费尔贝恩太太觉得某个观点能被病人所理解时，会进入更具引导性的环节。

她知道怎么微妙地往前推进。书架上的书籍也许有冗长的标题，但在实际操作中，矮小的心理治疗师会像芭蕾舞者那样轻盈。

夫妻之间的恶劣状态会延伸到性生活。当柯尔斯滕疲倦或沮丧的时候，拉比会很快、相当快地陷入消沉。他的思维会牢牢纠缠在对自己的厌恶之上。这些早在柯尔斯滕之前就存在的自我厌恶感有一个重要特征：无法道于外人，尽管它在始作俑者面前已呈现着悲苦之姿。这种未能实现鱼水之欢的夜晚，会在第二天成为拉比嘲讽和伤人的口实；这将越发加剧柯尔斯滕的退缩（同样没有言说）。经过数天的被冷落，拉比会厌倦，转而指责柯尔斯滕冷酷阴郁；她则会回应说，既然他如此频繁地这样，她真怀疑他是以伤她为乐。她会退缩到脑海中那个悲伤但又特别舒适而熟悉的角落，每当有人辜负了她，她就躲在这个角落，用阅读和音乐抚慰自己。她是自我保护和防卫的专家；她已经饱经生活的锤炼。

回避型依恋的特点在于，强烈地渴望避免冲突，而且，情感需求得不到满足时，会封锁自己。回避型依恋的人会快速认定他人乐于攻击自己，他们是无法理喻之人。他只好逃避，拉起吊桥，冷漠以对。遗憾的是，回避型依恋的人无法正常地向伴侣解释他们的恐惧和防卫机制，因此，他们保持距离和回避行为背后的原因云遮雾罩，很容易被误认为是漠不关心和心不在焉；实际恰恰相反：回避型依恋的人真正是关爱深沉，只是爱的风险太高而已。

费尔贝恩太太从不将结论强加给病人，她会竖起一面抽象的镜子，这样柯尔斯滕便可以开始看到自己给他人造成的影响。她协助她意识到自己倾向于逃避，倾向于用沉默应对压力。她也鼓励她思考，这些做法会如何影响到那些依恋她的人。恰如拉比，柯尔斯滕表达失望的惯用方式，也导致她无法博得最为她所需要的人的同情。

拉比绝不会直接道出他和劳伦的一夜情。他认为重要的是分析它发生的原因，而不是坦白它发生的事实；坦白便有可能造成某种不安全感，从而永远地摧毁了柯尔斯滕和他之间的信任。在接受费尔贝恩太太治疗时，他想弄明白是什么让自己对于伤害妻子，表现出明显的漫不经心；他认为只有一个解释：婚姻中有些事情太过伤害他，以致他也变得毫不在意自己可能给柯尔斯滕造成的严重伤害。他出轨劳伦不是出于欲望，而是怨气，一种不为自己所知的怨气，一种阴郁压抑的带着傲慢的愤怒。他以柯尔斯滕可以理解的方式，向她解释说，不再让他感到失望是挽救婚姻的关键。

他们矛盾的核心关乎信任的问题；这种品性对他俩来说都很难生成。他们都饱经伤害，年少时便需应对无边的失望，于是长大之后重重设防，不再擅长展露情绪。他们是攻击策略和堡垒建筑的专家；就如战后的士兵无法调整回平民生活状态一样，他们的短板在于无法忍受焦虑，于是便也就无法放松警戒，承认自己的脆弱和悲伤。

拉比是焦虑攻击；柯尔斯滕是回避退缩。他们极其互相需要，同时却又害怕让对方知道自己需求的迫切。两人都没有好好体味伤害，并真正地去认识它、感受它，或向施加伤害的一方说明白。只有具备强大的自信，才能对冒犯他们的人保持信念，但这种自信尚不为他们所具备。他们需要充分信任对方，才能明白他们并不是真的“生气”或“冷漠”，相反，那是一种更本质、更感人、更值得帮助的感情：受伤。他们无法给予彼此那份最浪漫而必要的礼物——解读他们自身脆弱的指南书。

哈赞和谢弗设计的问卷[1]（一九八七年）被广泛用于测试依恋风格。为了明确自己的风格，测试者需要在以下三种情形中选择自己最接近的一种：

1. “我想要亲密的关系，但我发现，人们经常莫名其妙地令人失望或刻薄。我担心跟别人太亲密，会让自己受伤。我不在乎独

1 辛迪·哈赞和菲利普·谢弗是美国当代著名的人类发展学家和依恋理论学者。该问卷是辛迪·哈赞和菲利普·谢弗在一九八七年设计的一份“感情测试”，刊登在《落基山新闻报》上，邀请读者从三个选项中选出最符合自己的一项，每个选项对应着一种依恋类型。

处。”（回避型依恋）

2.“我想跟别人亲密相处，但经常发现他们并不愿意如我希望的那样亲密。我担心我在乎别人，别人却不当我一回事。这让我感到十分不安和恼怒。”（焦虑型依恋）

3.“对我来说，与别人建立亲密关系不是难事。我依赖别人，别人依赖我，这让我感到很舒适。我不怕独处，或不被人接受。”（安全型依恋）

这些分类本身确实缺少魅力。它打击着我们的自尊，迫使我们认识到自己并不是作家用八百页纸去努力描述的角色，有着细微的个性，自己的人格类型不过是心理学教材里的几个段落就能轻松界定的。回避和焦虑并非是爱情故事的典型用语，但如果浪漫可以表示“有利于爱的进程”，那么它们也许就是柯尔斯滕和拉比偶然发现的最浪漫的词汇，因为这两个词能让他们认识到在婚姻生活的每一天，是什么人格类型在发挥破坏性作用。

他们开始欣赏奇怪而特殊的外交式辞令，它使一种全新的交谈成为可能；他们有了一个避难所，在一位裁判仁慈的注视下，每周都可以坦述自己或怒或悲。裁判会适时遏制另一方的反应，以确保实现必要的理解，也许还有同情。几千年文明发展踌躇不前的脚步，终于抵达一个可以讨论问题的平台，两人不能起身、愤怒离席或咒骂，而是认真交流对于桌子摆放、派对言辞或度假安排这些事情，一方在如何伤害着另一方。柯尔斯滕和拉比得出结论，从某些方面看，心理治疗是这个时代最伟大的发明。

在费尔贝恩太太的见证下，他们的对话开始映射出彼此在家中的交流方式。他们开始内化治疗师那亲切而睿智的声音。“乔安娜（他们以前从不当她的面这么称呼）会怎么说？”已经成为两人之间惯常的幽默问话，就如天主教徒曾经努力模仿耶稣对审判的回应。

“如果你继续生我的气，我就要逃避了。”柯尔斯滕会如此告诫拉比的对峙。

他们仍然对心理治疗报以嘲笑，但不再提起其费用之昂贵。

因此，遗憾的是，心理咨询提供的见解为更广泛的文化所忽视。在一个执着地将爱视作一种本能、一种无法检视的感觉的世界，他们的对话犹如关于成熟的小实验。费尔贝恩太太的诊室隐没在一层层出租房屋中，似乎象征着她职业的边缘化。她是一句真理的捍卫者——现在，它也为拉比和柯尔斯滕所接受，但他们也知道，不幸的是，这真理容易淹没在生活的嘈杂中：爱，不是一腔热忱，而是一种技能。

221.

成熟

整个冬天，拉比都忙于一个体育馆的设计工作。他与作为委托方的当地教育部门见了十几次面。这个体育馆有望成为一座独特的建筑，它会采取天窗系统，这样即使在最阴晦的天气，室内也很明亮。从专业的角度来看，这个设计可能是他非常重要的一个起点。然而，到了春天，他们将他召回，用咄咄逼人的方式直截了当地通知他退出，说他们已经决定采用另一个更富有实践经验的方案——当人们因为辜负他人而深感内疚，以至变得富有进攻性时，便会表现出这种咄咄逼人。从此，他开始患上失眠症。

失眠若持续数周，便可令人苦不堪言。但小有患之，偶尔一宿无眠，则无须疗治。对于为精神所扰之人，它甚至有其优势，不乏裨益。只在午夜时分，我们才能深入体察自己的内心，犹如城市教堂的钟声，惟待天黑，方能耳闻。

白天，他需要对他人恪守职责。在午夜过后独处，他可以回归到更重大、更个人的职责。他的思绪过程在柯尔斯滕、埃丝特和威廉看来，必定不可思议。他们需要他保持某种特定的状态，他不愿辜负他们，或令他们受惊于自己奇怪的观点；他们有权受益于他的可预测性。然而现在他关注的是其他内在的需求。失眠是思维在报复他白天小心回避的种种复杂想法。

平凡的生活赠予人们的，是一种实用而无须内省的生存状态。出于时间短缺，也因为太多畏惧，其他一切便不在思考之列。我们让自己为自卫本能所指引：推动自己前进，挨打则会还击，将责怪归咎他人，压制不相干的问题，坚持自以为是的方向。我们除了不懈地坚守自己的立场，别无选择。

只有当黑夜来临，我们摆脱了他人的需求时，才可以放松自我、回归真诚、超越狭隘，直到黎明；这些都是不可多得的时分。

他以一种全新的眼光看待熟识的事：他是懦夫、空想家、不忠诚的丈夫、控制欲和依赖性都太强的父亲。他的生活悬于一线。他的职业生涯已经过半；相较于曾被赋予的期望，他几乎一无所成。

奇怪的是，凌晨三点，他可以冷静地罗列自己的缺陷：倔强令他不再被上司信任，太易怒，因为害怕被拒绝而过于谨慎。他没有信心持之以恒。他的同龄人没有被动地等待机会，责怪世界没有苦苦相求于他们，他们已经赶超在前，形成了自己的建筑设计风格。确切地说，有一个设计是出自他手，那是哈福德郡[1]的一栋数据存储建筑，他的名字刻在它上面。他运用的只是洗澡时或在高速公路上独自开车时脑海里偶尔的灵光闪现，他的天赋中的最大一部分尚未被发掘，便已迈向死亡之路。

此时此刻，他超越了自哀自怜，超越了肤浅地认为自己的遭遇罕见而失当。他对自己的纯真和独特不再有信心。这不是中年危机，而是他迁延二十余年后，终于走出了青春期。

他认识到，作为一个男人，他过于渴望浪漫的爱情，然而又对善良理解甚少，对沟通更是缺乏认知。他极度害怕公开追求幸福却求而不得，于是他以先发制人的失望和玩世不恭来自我保护。

所以，他注定失败。在他成年后的大部分时间里，他都将失败视作一场巨大的灾难，最终才认识到，失败是通过怯懦的不作为不知不觉地占有了他。

然而，令人惊讶的是，这无伤大雅。一个人会习惯于一切，甚至包括被羞辱。即便显然不堪忍受的事物，最终也会渐渐变得

1　英国英格兰东部郡名。

似乎没那么糟糕。

他已经汲取了生活丰富的恩赐，但他并无特别的贡献，也没有好的成果。他在这世界已经栖身数十年，不必耕作，也不用饥肠辘辘地入眠；他像一个娇惯的孩子，从不允许他的私人领地被触碰。

他曾经梦想恢宏：他将成为另一个路易斯·卡恩[1]或是勒科比西埃[2],密斯·范·德·罗厄或是杰弗里·巴瓦[3]。他准备创造一种全新的建筑：本地特色、优雅、和谐、使用前沿技术、充满革新。

然而，他只是一个二流城市规划公司的副总监，几乎入不敷出，名下只设计过一栋建筑——其实更像一个棚屋。

人类与生俱来的，便是执着地梦想成功。对于该物种而言，这种出于本能的奋斗，必定带来进化的优势。是不安于现状，让人类有了城市、图书馆和太空飞船。

但这种本能冲动不会均衡地分布给每个个体。纵观历史，虽然不乏天才杰作，但相当数量的人每天却都在承受焦虑和狂躁的煎

1 美国著名建筑师，他对现代建筑的重要贡献就是在自己的作品中加入了年代久远甚至是古典的元素，却又没有丢弃现代主义的创新与明朗。

2 旅居法国的瑞士建筑设计师。

3 斯里兰卡国宝级建筑师。

熬，拒绝接受徒劳无果和平静知足。

拉比过去以为，只有完美的事物才值得拥有。他是一个完美主义者。如果车被刮擦，他就不乐意再开；如果房间不整洁，他就不能安睡；如果爱人某些地方未能理解他，整个关系就成了哑剧字谜。如今，“足够好”便已是完美。

他发现自己对有关中年男人的新闻报道产生了兴趣。一个负债累累的格拉斯哥人被妻子捉奸后，卧轨自杀；另有一人因为网络丑闻，开车在阿伯丁附近投海自尽。拉比意识到，一些并非生死攸关的错误，便能让人突然陷入灾难，压死骆驼的，最终不过一根稻草而已。如果生活失序，如果外界压力足够大，他也什么事都能做出来。他之所以能自认为心智正常，只是因为某种脆弱的好运。他知道，如果生活曾经适当地考验他，他便一定也会成为悲剧新闻。

在凌晨两三点，当他处于那些半醒半睡、逡巡于意识之间时，他感到脑袋里储存的许多影像和记忆片段，一批批纷沓而至，浮现眼前：八年前曼谷旅游的掠影、头靠飞机舷窗睡了一夜之后降落在印度时看见的那些离奇的村庄、他们一家住在雅典时浴室冰冷的瓷砖地板、在瑞士东部度假时第一次体验的降雪、在诺福克岛徒步时低沉灰暗的天空、大学里通向泳池的走廊、他们陪埃丝特在医院做手指手术的那个夜晚……有些事物的逻辑关系已经淡忘，但那些画面却永远不会消失。

在无眠的夜晚，他有时会想起并思念母亲。令他难为情的是，他那么渴望再回到八岁时，那会儿他有点微烧，蜷曲在毯子下，妈妈给他端来食物，读书给他听。他希望她给他保证一个美好的未来，希望她宽恕他的罪恶，希望她把他的头发整齐地梳成左分。现在他至少足够成熟，明白当务之急是及时审视这些退化的状态。尽管从外部看，他的状态不尽人意，但他知道自己其实并没有太离谱。

他发现焦虑总是如影相随。每一波新的焦虑貌似都关乎某一件特定的事：熟人甚少的聚会、陌生国家的复杂行程、工作中的两难选择，而从更开阔的视角看，问题往往更大、更严重、更具根本性。

他曾经幻想，如果换个住地，如果取得一些职业成就，如果有一个家，他的焦虑也许便会平息。但实际一切并无任何改变：他意识到焦虑深入他的灵魂深处，他本质上是一个易受惊而又适应能力很差的人。

厨房里挂着一张他喜欢的照片，是柯尔斯滕、威廉、埃丝特和他在秋日的公园里拍摄的；他们互相扔着被风吹成一堆的树叶。快乐与恣意洋溢在他们脸上，那是一种可以胡作非为、无须顾虑后果的喜悦。然而他也能记起，那天他心里是多么焦虑：给一家工程公司的活儿还没完成，他急着回家给一位英格兰客户打电话，他的信用卡远远超限了。只有当现实演变成了过往，拉比才能真正体会其中的欢乐。

他知道自己精神的崩溃不适合在坚强、能干的妻子面前展现。有时他对此感到苦涩不已。“失眠不是好事，上床睡觉吧。”如果醒来看见书房的灯亮着，柯尔斯滕便总会这样说。痛苦的经历上演过多次以后，他意识到美丽、聪明的妻子解决不了他的苦痛。

但更好的是，他开始领悟其中因由。她并不是刻薄，它们只是源于她和男性打交道的经验所得，是她抵御失望侵袭的手段，是她应对挑战的方式。明白这些道理，对他很有帮助，他开始放弃复仇和愤怒。

世上很少有彻底的坏蛋，恶毒之人自身也是苦痛缠身。因此，处世不可嬉笑不恭，或咄咄逼人，惟有以爱成全。这着实不是容易事。

柯尔斯滕的妈妈在住院，已经住了两周。她的肾起初诊断并无大碍，但病情却突然加重。一向坚强无比的柯尔斯滕也被吓得脸色灰暗、手足无措。

周日，他们去医院看望她。她极度虚弱，声音细若游丝，只能说些简单的话：想喝水；把灯倾斜一下；少一些光线刺激她的眼睛。她一度握住拉比的手，对他微笑着说："好好照顾她。"说完，又带着惯常的犀利补上一句："如果她让你照顾的话。"暂且将这话视作一种谅解吧。

他知道自己永远别想从麦克利兰太太的眼中看到欣赏之意。当年，他对此愤恨不已。如今他已为人父，对此倒能感同身受了。他也不会对埃丝特未来的丈夫有什么期待。父母怎么可能真正接纳孩子的另一半？历经了对孩子无求不应的十八年，怎可再指望他们热切地包容一种饱含竞争的全新的爱？有谁能够真诚地接受这种不可避免的感情冲击，而不心怀疑虑（通过一连串有些酸意的话暴露出来）：他们的孩子误入他人的掌控之中，那人根本无法承担所要面对的复杂而独特的任务？

从雷格莫医院回来后，柯尔斯滕忍不住痛哭。她让孩子们去和朋友玩耍，她现在没法承担母亲之职（一个绝不可袒露痛苦、令他人受惊的角色），她需要暂时再做回孩子。在医院蓝色床单的映衬下，母亲显得面黄肌瘦，这让她无法抑制内心的恐惧。这一切如何会发生？她在某种程度上仍然深深依恋于自己五六岁时形成的记忆，那时的母亲坚强、能干、事事做主，柯尔斯滕还是个小姑娘，会被抛到空中玩乐，事事有人安排。父亲离开后的许多年，她一直都需要着这个强大的母亲。麦克利兰家的这两个女人知道该如何紧密团结，她们是一个团队，共同面对最至亲之人的背叛。而现在，只剩柯尔斯滕在医院走廊里询问一位十分年轻的医生，母亲还剩多少时光。世界颠倒过来了。

从童年时代，我们便开始相信，父母应该是知识广博、阅历丰富的人。有时，他们看上去无所不能。我们过分的自尊令人同情，但也问题重重，因为当渐渐发现父母不乏瑕疵，偶尔也会刻薄，在我们受困于他们未知的领域，他们也完全束手无策时，我们便视他们为终极的问责目标。这种状态会一直持续，直到我们迈入不惑之年，或他们最终躺进医院，我们才会开始给予更多体谅。他们脆弱而令人惊恐的新状况体现在身体触目惊心的变化上，同时也真实地反映在心理层面：焦虑、恐惧、不得意的爱情和下意识的冲动——而不是上帝般的智慧与道德是非——致使他们也同样无常而脆弱。因此，他们自身的缺点也好，我们无数的失望也罢，都不可能永远问责于他们。

当拉比最终从自我中解脱出来，他感到自己能更欣然原谅的不再只是一两个人，极端点说，再没有谁会为他所不原谅。

230.

他总捕捉到意想不到的善意。他感动于办公室主任的仁慈；她是一个寡居的五十多岁老妇人，儿子刚去利兹[1]上大学。她欢乐而坚强，每天上班都忙个不停，成绩斐然；她关心每个同事的状况；她记得很多人的生日，闲暇时总在温和而充满鼓舞地反省。年轻的时候，他丝毫不会在意这些微小的仁慈关爱。然而，现在生活已经教会他懂得谦卑，知道屈身去关注微小的美好细节，不管来自何处。他变成了一个更友好的人，没有刻意为之，也不因此自满。

他体味到自己那么渴望仁爱，于是也更乐意慷慨付出。当他人心怀愤恨时，他更关心的是缓和气氛，是尽量少从道德高度评价恶意恶行。玩世不恭是轻而易举之事，却让人毫无作为。

有生以来，他第一次发现了繁花之美。他还记得年少时对鲜花几乎怀有仇恨之心。人们居然应该从如此微小、如此易于飘零的事物中获得快乐，这似乎太过荒唐，这个世界必然有更宏大、更永久的事物值得寄托抱负。他自己就渴望荣耀和激情。寄情于花是放弃的危险象征。如今他开始领悟繁花的意义所在。爱花是谦逊的表现，是对失望的接纳。惟有遭遇过无可挽回的挫折，我们才能开始欣赏玫瑰的枝干或是报春花的花瓣。一旦我们意识到，

1 英国英格兰北部城市。

宏大的梦想在一定程度上总存有妥协，我们便会对这些宁静完美和寂然欢喜的小事物产生感激之情。

若参照成功的理想标准，他的生活则令人深深失望。但他也意识到，最终未能获得伟大的成就，并不就意味着失败。能够确立宽容、充满希望的人生观，知道如何做自己的朋友，因为人人都有责任让自己为他人所容忍，这些也同样需要勇气。

有时，他会在半夜冲个热水澡，然后借着明亮的灯光审视自己的身体。衰老与疲惫有相似之处，但它却是再多睡眠都无法修复的。时光渐老，状态渐糟。今日所谓的丑照，来年便是养眼大片。大自然的戏法很友好，让事物缓慢变化，这样我们便不至于因此恐惧。总有一天，他的手上会长出老人斑，就如小时候他在年迈的伯父手上看到的一样。发生在他人身上的一切，也终将光顾于他。无人可以幸免。

他是纤维组织和细胞精美而复杂的组合体，瞬间便获得了生命。单单一次猛烈的碰撞，或是跌落，便就可让这个组合体失去生命。他所有的严谨计划都依赖于脆弱的毛细血管将血液稳定地输送入他的大脑。任何一点哪怕是最微小的障碍，都会立刻抹去他对生命的细微感觉。在永恒的宇宙中，他只是原子偶然的聚合，目的在于抑制能量分布的混乱。他不知道自己的哪个器官会最先衰绝。

232.

他只是一个过客，曾经努力想让他的自我融入这个世界。他曾将自己视作一个静物，就如同爱丁堡这座城市，或一棵树、一本书一样；然而他更像一个影子或一种声音。

他认为，死亡并不太糟：他的肉身将被重新分配，回归尘土。生命已够漫长，从他当下直觉的感受看其轨迹，是时候放手了，为他人腾出空间。

一天晚上，他穿过漆黑的街道往家赶。路上，他看见一个花店。他必定很多很多次地经过这儿，但以前从来没有留意过。花店的前窗灯光明亮，悬挂着各种气球。他走进去，一位老妇人对他温暖地微笑。他的眼睛被雪莲花吸引住；这种花刚引进本地，才试种了一个春天。他看着老妇用精致的白色薄纱包起一小束花。

“我猜是送给一位漂亮的人儿？”她笑着说。

“是我妻子。”他回答。

“幸运的女人。”她说着把花和找零递给他。在那一刻，他只想飞奔回家，证明店主所言不差。

233.

接纳婚姻

他们成婚已然十三年，然而直到当下，迟至今日，拉比才感觉准备好接纳婚姻。这并不矛盾。婚姻只会给予已婚者重要的教训，对婚姻的接纳自然不会在仪式之前，而是婚礼之后；这也许需要一二十年的光阴。

拉比知道，他能够昭告的，是自己仅成过一次婚，但这不过是一种语言诡计。那看似单一的关系实际历经了太多进化发展、断绝往来、重新协商、山水阻隔和情感回归，以至于仅与同一人，他实际经历的离婚和复婚已不下十余次。

他正长途驾车去曼彻斯特与客户会谈。这凌晨时分，是最便于他思考的时间：路上完全畅通无阻；车内只有他一人，无须分心去与人交谈。

人们曾经认为，当你获得了一定的经济基础，跨越了生活的一些里程碑，譬如，拥有一处安身之所、一套全亚麻的嫁妆、一些可摆放在壁炉台上的资历证书，或是几头牛和一块地，你便为婚姻做好了准备。

后来，在浪漫主义的影响下，这些具备实用价值的物质被认为过于惟利是图，过于算计；于是，人们关注的焦点转移到情感质量上。情投意合成为重要指标；其中包括瞬间感受到寻获心灵的伴侣，坚信对方可以完美地理解自己，以及确定自己再不愿与其他人有肉体欢爱。

现在，他知道了，这些浪漫主义思想会造成灾难。他的婚姻意愿建立于一套完全不同的标准。他愿意接纳婚姻，是因为——开始罗列清单——他放弃了追求完美。

如果宣称爱人“完美”，只意味着我们没能了解他们。只有当一个人充分令我们失望过，我们才可以说，自己开始了解他们了。

然而，问题并不只在于他们。我们遇见的任何人都并非十全十美：列车上的陌生人、旧校友、新网友……所有这些人同样会令我们失望。生活的种种真相已经扭曲人们的本性。没有人能免于遭受伤害。我们（必然地）无法获得理想的养育方式；我们以争吵替代解释；我们以唠叨替代教导；我们以焦躁替代理性分析烦恼；我们谎言不断，而且四下无端指责。

若秉持求全责备，我们必然绝无可能如愿以偿。所以，我们并无必要深入了解一个陌生人。他们惹人恼怒的具体方式并不会立刻显露（也许要过上好几年）；就理论上而言，我们可以假设它从来都存在。

因此，选择结婚对象，只是关乎选择忍受何种痛苦，而不可自以为已觅得良方，可幸免于这爱情的固有法则。显然，我们最终的宿命逃不开那个令我们梦魇连连的固定角色——错的人。

然而，这不是灾难。开明的爱情悲观主义朴素地认为，一个人不可能满足另一个人的所有需求。我们应该寻找方法调整自己，尽量温柔、友好地面对与另一个不完美者共同生活的尴尬现实。如此，方可有一个“足够好”的婚姻。

若要获得这种认知，便有必要在婚前多一些恋爱经历，其目的不在于借此寻获“对的人”，而在于有充分的机会去亲身发现真相：这种人从来便不存在。细而观之，人人都不免瑕疵。

拉比准备好接纳婚姻，是在于他不再寄希望于自己可获得充分的理解。

当我们体验到被不同寻常的方式充分理解之际，便也是爱情滋生之时。恋人可捕捉我们的孤独；我们无须解释笑话的笑点；我们有着一致的喜恶；我们对于特别的性爱方式都兴致勃勃。

但这无法持久。当恋人的理解力合理地穷尽之时，我们不应责备他们疏忽懈怠。他们并非不幸失职。他们只是无法透彻地领会我们；我们亦同样如此。这不过稀疏平常之事，没有人可以准确或完整地理解其他任何人。

拉比准备好接纳婚姻，是在于他意识到自己的疯狂。

若我们自视疯狂，这极大地违背了人的本能。对自身而言，我们如此正常、如此友善。格格不入的都是他人……然而，有能力适时卸下防御，感知和承认自己的疯狂之处，这是成熟的起点。如果没有定期深入地自我反思，便不会开启自我认识。

拉比准备好接纳婚姻，是在于他领悟到，不易相处的人，并非只有柯尔斯滕。

在这婚姻围城中，他俩都是“苛责之辈”。鸡毛蒜皮的琐事，譬如家用供给、姻亲龃龉、清洁轮班、聚会、杂货采购……便可令他们勃然大怒。但这并非是对方之过，这是双方共同的职责。婚姻是一种体制，任何一方都不可置身之外。

拉比准备好接纳婚姻，是在于他已准备好去爱，而不是被爱。

在谈及“爱”时，我们将它视作单一的、未分化的事物，但其实它包含着两种截然不同的模式：被爱和爱。只有当我们乐于践行后者，并且意识到我们有违常情地执念于前者是危险之举时，我们方可步入婚姻。

年幼时，我们只知道“被爱”。这“被爱”貌似理所当然，实际却大错特错。对幼童而言，父母天然该守护在侧，时刻暖心而快乐地提供抚慰、引导、逗趣、喂食和清理。

我们将这种爱的观念带入到成年。长大成人后，我们希望继续如此被服侍和溺爱。在内心隐秘的思维中，我们将恋人想象成可以预知我们所需、辨读我们心灵，会忘我奉献、妥帖安排一切。这貌似“浪漫”，实则充满隐患。

拉比准备好接纳婚姻，是在于他明白，性与爱从来就密不可分，虽然践行不易。

从浪漫主义的观点看，爱与性该当如影相随。我们只有足够强壮，可以应对充满挫折的生活时，才算为婚姻做好了准备。

我们必须承认，婚外情该当被唾弃，因为任何一个受害者都不能幸免于这种彻底的伤害。这种毫无意义的冒险行为确实有摧毁一切的力量。婚外情的受害者不可能理解配偶在“背叛”时，在与一个陌生人的身体缠绕着躺在一起的几个小时里，心头的所思所想。我们经常听到配偶的辩解，但在内心，我们却对一个结论十分肯定：那一刻，他们一心只想羞辱我们；消失殆尽的，既有他们所有的爱，也有我们给予他们的信任。坚持任何其他结论都是与事实背道而驰。

拉比准备好接纳婚姻，是在于（逢上心情大好时）他乐于接受教诲，并能心平气和地指教别人。

当我们接受伴侣在诸多重要的领域比我们更聪明、更理性、更成熟时，我们就为婚姻做好了准备。我们会想以他们为榜样。我们会对教诲心悦诚服。而在其他一些时候，我们会乐意做最好的为人师者，提出建议时，力戒吼叫，也不期待对方必然心领神会。人无完人，所以，互相教育实则是充满爱心之举。

拉比和柯尔斯滕准备好接纳婚姻，是在于他们深深地意识

到，彼此并不般配。

浪漫主义的婚姻观，强调“合适人选”的重要性，它意味着有人赞同我们的趣味和价值观。长远来看，这种人并不存在。我们太丰富多样，各具特性。没有哪一种一致会持久存在。最适合的伴侣并不需要方方面面的志趣都碰巧相投，而是应该充满智慧并且优雅地讨论品味的差异。

“合适人选”的真正标志，不是完美互补的抽象概念，而是忍受差异的能力。般配是爱情的成就，而不是前提。

拉比准备好接纳婚姻，是在于他对绝大多数爱情故事感到厌倦，在于电影和小说中的爱情版本与他的生活经验很少匹配。

依据大多数爱情故事的标准，人们现实中的婚姻关系几乎都是创伤累累，不如人意。分居和离婚经常不可避免地发生，已不足为奇。然而，需要当心的是，美学媒介常常误导人，我们不要基于它们激发于人的种种期望，来评判我们的婚姻关系。错误的是艺术，而不是生活。我们需要做的，不是一拍两散，而是给自己讲述更准确的故事；这些故事不会在开头着墨过多，也不承诺全然的理解，而是努力化解矛盾，给我们指引一条悲伤却又充满希望的爱情之路。

240.

未　来

这天是柯尔斯滕的生日；拉比已经安排好他俩去高地一家极度奢侈昂贵的酒店，度过生日之夜。他们把孩子托付给她在威廉堡的表姐，然后驾车来到这座十九世纪的古堡酒店。酒店是五星级的，保留着古堡的城垛，提供客房服务，还有桌球室、泳池、法国餐厅，以及装扮的古堡幽灵。

孩子们毫不掩饰他们的不悦。埃丝特责怪爸爸破坏了妈妈的生日。“我敢肯定没有我们，你们会无聊的，妈妈会想我们的。”她坚持说，“我认为你们不该离开那么久。”（一家人会在第二天下午团聚。）威廉跟姐姐保证说，父母会一直看电视，甚至也许找一个电脑游戏厅玩游戏。

他们的房间位于古堡顶部的一个角楼。屋子中间有一个巨大的浴缸；从窗口望出去是本尼维斯山脉[1]的连绵山峰；时值六月，山顶依然覆盖着一层薄雪。

待侍者放好行李、就剩他俩时，一种不知所措油然而生。多年来，很多年来，他俩都没有单独住过酒店了，接下来的二十四小时，孩子不在身边，也不操心其他什么事。

他们感觉仿佛在偷情一般；如此氛围下，他们对待彼此的态度与平时截然不同。这高大的房间庄重静谧，激发着他们变得更加正式和客气。柯尔斯滕用一种不同寻常的关切口吻问拉比，客房送餐菜单上，可有他想点的东西；而他这时在给她放洗澡水。

其诀窍也许并不是开始一种新生活，而是学会少一些厌烦和惯性思维，重新认识旧日子。

他躺在床上，看着她泡在浴缸里：她盘着头发，在读一本杂志。他为彼此之间的矛盾感到歉疚和后悔。他浏览着在前台取的一套宣传册。这儿九月份有狩猎活动，二月份可以选择钓鲑鱼。洗好之后，她双臂护胸，从浴缸站起来。她这遮掩的动作触动了他，令他燃起一些冲动。

他们下楼吃晚餐。餐厅里点着蜡烛，椅背很高，墙上挂着鹿

1 大不列颠境内的最高山峰，海拔一千三百四十三点八米，位于苏格兰西部的格兰扁山脉。

角。领班介绍着晚餐共有六道菜时，做派极其夸张；他们却惊讶地发现，这种方式自己很受用。终日周旋在贫贱的家庭生活里，现在，他们并不排斥有机会陶醉在这精心设计的款待中。

他们开始聊起孩子、朋友和工作，然后，在用完第三道菜奶油芹菜配鹿肉时，话题转到了他们少有触及的领域：她压抑着自己想重新学习一种乐器的雄心，而他渴望能带她去贝鲁特。最后，柯尔斯滕甚至谈起她的父亲。她说，每到一个新地方，她都想他会不会碰巧就住在附近。她想努力联系上他。她强忍着眼中泛起的泪光，说自己厌倦了一生都要气恼于他。当年换作她在他的处境下，也许也会那么做，多半会。她希望他能来看看他的外孙们，她笑了一下，看看她可怕而独特的中东丈夫。

拉比点了极其昂贵的法国红酒，几乎跟房费差不多了。酒在营造着气氛。他想再来一瓶，就图个酣畅淋漓。他感受到红酒在改变着他们的心理和道德意识，它能让他们打开心扉，开启日常处于关闭的沟通渠道；不只是简单地抛开烦恼，而是让人进入日常生活不会涉及的种种情绪。酩酊大醉已经很久没显得这么重要了。

他意识到自己还相当不了解妻子；她在他眼里几乎像陌生人。他想象着这是他们的第一次约会，她同意前来苏格兰城堡，而且还跟他做爱。她把自己的孩子和可怕的丈夫抛在身后；她用聪慧狡黠的眼神看着他，一边在餐桌下摸他，还洒了一些红酒在桌布上。

身着黑色制服的侍者、他们所享用的本地羔羊肉、三层软糖巧克力蛋糕、花式小蛋糕以及甘菊茶共同营造着一种氛围，恰如其分地烘托着妻子的神秘和魅力。他对这一切充满深深的感激。

当然，她一向不善于接受夸赞，可拉比此刻才明白，明白了她那些曾令自己无比难过的独立和沉默缘于何处，未来他再不会有那样的感受。他仍然执着地告诉她，她那么美丽，她的眼睛无比明慧，她令他多么骄傲，他对过去的一切感到深深歉意。她一改惯常的冷嘲热讽，面带微笑，温暖、安静地咧嘴微笑说谢谢你，她紧握他的手，甚至又泛起一点泪光；这时，恰好侍者过来，问他是否还要为女士点些什么。她口齿含糊地说“再来点美好”，然后，她发现自己说错了，突然掩住了口。

她也有着一致的感受；这感受使她勇敢，勇敢到能够展示脆弱。她的内心如同决口的大坝。她已经腻烦于和他对抗，她想把自己再完全交给他，就像过去一样。她知道，无论会发生什么事，她都能挺过去。很久以来，她都只是一个女孩。而现在，她成了一个女人，生过两个孩子，把自己的母亲安葬在唐纳瑞克[1]公墓湿冷的土壤里。她有一个儿子，她知道了男人在以任何立场伤害女

1　苏格兰因弗内斯境内的一座小山。

人之前是什么模样。她了解到男人的恶大多只是无助的怒火。因为这些从新的境界获取的力量，让她可以对男人具有伤害性的软弱，付之以慷慨和宽容。

“对不起，斯弗福[1]先生，我没能一直保持着你期望的样子。”

他轻抚她裸露着的手臂，回答说：“然而你比我期望的更好。”

他们感到对共同建立的这争论不断、怒火中烧而又充满笑声、无比美丽的愚蠢婚姻产生了不可思议的忠诚；他们热爱这段婚姻，因为这是他们自己的确定无疑、痛苦挣扎的婚姻。他们能一路走到今天，坚守不退，一次又一次地去解读对方内心的失常妄想，一次又一次地铸成和平协议，这令他们骄傲不已。曾经有太多的理由阻碍着他们继续在一起；分手本就很自然，几乎是不可避免。选择坚守是不可思议的巨大成就；他们感受到对自己久经沙场、伤痕累累的爱情一片忠诚。

回到房间，躺在床上，他爱抚着她肚子上的妊娠纹；孩子们无辜而原始的自我主义是如此撕扯、损害、耗尽了她！她感到对他涌动着一种全新的温柔。雨正下得猛烈，风呼啸着掠过战场。温存之后，他们借着楼下院子里的灯光，紧紧搂着坐在窗前，喝着当地的一种矿泉水。

1 一种黎巴嫩杏仁粗面粉蛋糕。

这家酒店对他们而言，有一种哲学意义的重要性，其影响不仅限于当下异国情调的感受；他们将带着所学到的感激与和解，回到平淡、冷静的日常生活中。

第二天下午，柯尔斯滕的表姐把孩子们带来交给他们。在前台旁的桌球室里，埃丝特和威廉跑过来迎接父母，埃丝特抱着玩偶多比。父母俩都有点头痛，好像刚刚才结束一次长途飞行。

孩子们用最激烈的字眼抱怨说，他们像孤儿被扔在一边，只能睡在有狗臭味的房间。他们要求父母明确地保证，以后再不会有这样的旅行。

接着，一家四口按照计划去散步。他们沿着一条河走了一会儿，然后开始爬本尼维斯山脉的一个小山丘。半小时后，他们穿越树丛，爬到了山顶；在夏日的阳光下，一幅风景画在他们面前打开，绵延数英里，远远地，可以看见山下的羊群，还有如玩具般大小的农场建筑。

他们在一片杜鹃花地上露营，埃丝特脱下靴子，沿着小溪奔跑，再过几年她就成年了，故事又将以她为主角重新开始。威廉追踪一队回巢的蚂蚁。这是一年以来最温馨的一天。拉比躺在地上，四肢展开，看着片片白云静静地飘过蓝天。

拉比希望留住这一刻，便叫他们聚拢照相，然后把相机安放在一块石头上，跑着进入镜头。他知道完美的幸福只会一小段一小段地接踵到来，也许一次不会超过五分钟。因此人们必须用双手握紧它，好好珍惜。

斗争和冲突很快会再发生：其中一个孩子会生气；柯尔斯滕会对他的粗心之过发点脾气；他会想起工作中面临的难题；他会感到害怕、厌烦、疲倦和兴味索然。

他知道谁也无法预知这张照片最终的命运：未来它会被如何解读，观赏者期待从他们的眼中捕捉到什么。这会是他们最后一张合影吗，拍摄于返程途中遭遇车祸的前几个小时，或是他发现柯尔斯滕的私情、她随后搬走的前一个月，又或是埃丝特发病的前一年？再或者只是在客厅书架上一个落满灰尘的相框里存放数十年，只待威廉回家向未婚妻介绍自己父母时随手拿起？

对不确定性的认知，使拉比更加热切地想抓住这些时光。哪怕片刻的存在都富有意义。他知道怎么去爱柯尔斯滕，怎么对自己充满信心，怎么对孩子们充满热切和耐心。但所有这一切都脆弱不堪。他很清楚他无权称自己是幸福的人。他只是一个普通人，正在度过一小段心满意足的时光。

如今，他知道了，完美实在难求。即使过着自己这种完全庸碌的人生，他都需要一种勇敢无畏。保持一切运转正常、确保他持续维持完全心智健全的形象、供养家庭的经济能力、维持婚姻和孩子们成长，这些工程为英雄主义提供的机会并不比史诗故事少。他不再可能被召唤去效力国家，或与敌战斗，但在他有限的生活领域里，仍然需要勇气。这勇气是不为焦虑征服，不因挫败而伤害他人，不会对这个随意施加伤害的世界恼怒万分，不会彻底疯狂，而是设法坚持用合适的方式解决婚姻生活中的难题——这是真正的勇气，这是属于自己的英雄主义。在阳光映照的苏格兰山坡体验的那段夏日傍晚的短暂时光——未来也会不时出现——令拉比汗感到，在柯尔斯滕的陪伴下，他可以足够坚强，应对生活的一切考验。

Alain de Botton
The Course of Love

作者个人网站：www.alaindebotton.com

图字：09-2012-121号

图书在版编目（CIP）数据

爱的进化论 /（英）阿兰·德波顿（Alain de Botton）著；孟丽译. — 上海：上海译文出版社，2021.6
（阿兰·德波顿作品集）
书名原文：The Course of Love
ISBN 978-7-5327-8766-1

Ⅰ.①爱… Ⅱ.①阿… ②孟… Ⅲ.①中篇小说—英国—现代 Ⅳ.①I561.45

中国版本图书馆CIP数据核字（2021）第083476号

爱的进化论
［英］阿兰·德波顿　著　孟　丽　译
责任编辑 / 衷雅琴　封面设计 / 观止堂 _ 未氓　内文版式 / 高　熹

上海译文出版社有限公司出版、发行
网址：www.yiwen.com.cn
200001　上海福建中路193号
浙江新华数码印务有限公司印刷

开本 890 × 1240　1/32　印张 8.5　插页 5　字数 114,000
2021年6月第1版　2021年6月第1次印刷
印数：00,001—10,000册

ISBN 978-7-5327-8766-1/I · 5412
定价：65.00元